KB004277

괜찮아,
과학이야

임소정
에세이

필름°

과학자가 세상에 펼쳐놓는 모든 성과에는 결코 누군가의 삶도 드러나지 않는다. 창백한 논문 위에 빼곡히 적힌 글씨와 수식, 그리고 그래프만이 그동안 인류를 얼마나 위대한 곳으로 인도하려고 애썼는지 증명한다. 하지만 정말 그뿐일까? 여전히 피와 땀을 한 바가지씩 흘리며 밤을 지새우는 삶은 계속되며, 남겨진 모든 것은 대중에게 알려지지 않은 한 과학자의 인생이다. 여기엔 연구 성과 대신 감정의 생채기가 있고, 경이로운 발견 대신 한 인간의 가능성이 있다. 한 번도 물러선 적 없이 자신이 옳다고 믿는 길을 걸었던 단단한 연구자의 끝없는 생각을 완전히 다른 방식으로 만나보자. 아마 지금까지 읽어본 과학 대중서와는 확실히 새로울 것이다.

_ 궤도(과학 커뮤니케이터)
《과학이 필요한 시간》, 《궤도의 과학 허세》의 저자

모든 것은 과학이다! 그런데 왜 여태까지 과학자가 쓴 에세이를 보지 못했을까? 우리 모두가 '나의 인생'을 연구하는 대학원생이라고 말하는 저자는, 때로는 과학자의 섬세함으로, 때로는 인간의 충만한 감성으로, 자신의 인생 연구 결과를 멋지게 발표한다. 연구실에서 씨앗의 발아 과정만 기록해 오던 연구원은 어떻게 자신의 인생을 기록했을까? 한 사람이 발아하는 모습을 지켜보는 것이 참 재미있다.

_ 1분 과학(과학 커뮤니케이터)
《1분 과학》의 저자

과학자들이 대중 강연을 시작할 때 흔히 하는 말이 있다. "여러분의 일상이 모두 과학입니다." 위성으로부터 정보를 받아 정확한 시간에 깨워주는 스마트폰 알람부터, 통근길 지하철 개찰구의 RFID 태그, 전자레인지의 원리, 그리고 스마트폰 하나로 모든 가전을 컨트롤하는 IoT 기술까지, 아침에 일어나서 잠자리에 드는 우리의 모든 순간에 과학이 있다고 말한다.

틀린 말은 아니지만 들을 때마다 너무 기술에만 집중하고 있는 게 아닌가 싶었다. 우리의 삶이 모두 과학이다. 아침을 깨우는 동창의 직사광선, 한겨울 출근길에 차가워진 손을 데우는 뜨거운 커피의 전도

열, 투명하게 익어가며 삼투압 현상으로 짭조름하니 맛이 드는 무조림도 다 과학이다. 돌이켜 보면 나에게 과학은 늘 이런 것들이었다. 방학의 절반은 경남 합천 두메산골에서, 나머지 절반은 울진 후포의 바닷가에서 온갖 것들을 보고, 듣고, 먹고, 만지고, 냄새 맡으며 놀았고, 도시의 집으로 돌아오면 내가 직접 느꼈던 것들의 이론을 풀어놓은 책을 열심히 읽었다. 지식도 학업도 아니었다. 내 과학의 시작은 변하는 것들에 대한 호기심과 세상에 대한 감수성이었다.

과학 커뮤니케이터는 보통 대중들에게 과학을 쉽고 재미있게 전달하는 사람으로 정의된다. 여기서도 과학은 '지식'으로 제한된다. 나도 과학 커뮤니케이터 일을 하면서 초반 몇 년은 지식을 쉽고 재미있게 전달하는 데에 목적을 뒀다. 하지만 익숙해질수록 뭔가가 묘하게 불편했다. 그건 '나의 과학 커뮤니케이션'이 아니었다. 내가 좋아했던 과학은 공부하고 기억하는 것이 아니라, 느끼고 이해하고 받아들이는 것이었다. 나는 나의 과학 커뮤니케이션을 다시 정의했다.

그 목적은 사람들과의 소통이며, 과학은 전달의 대상이 아닌 소통의 매개체가 된다.

2018년 겨울, 대전의 어느 카페에서 동료 과학 커뮤니케이터 영조와 정완이를 만나 내가 하고자 하는 과학 커뮤니케이션에 대한 이야기를 했다. 시간 가는 줄 모르고 신나서 떠들다 보니 4시간이 지나 있었고, 과학으로 사람들에게 위로와 응원을 전하는 "괜찮아, 과학이야"는 그때 나왔다.

내 삶에는 부침이 많았다. 어려서부터 겪을 필요가 없는 일, 겪지 않는 것이 좋은 일, 겪어서는 안 되는 일을 두루두루 겪으며 여기까지 왔다. 지금도 시한폭탄을 두어 개 안고 있다. 잔인하고 고된 삶에 신을 원망한 적도 있지만, 그 심보가 희한한 양반은 문을 닫을 때마다 꼭 창문 하나는 열어두셨다. 그리고 나에게 창문을 타 넘을 수 있는 체력과 지력도 주셨다. 삶의 고비마다 창문으로 도망을 치면서 나는 많은 것들을 배우고 깨달았다. 덕분에 나는 어려운 일로 나를 찾는 사람들을 도와줄 수 있게 되었고, 그건 나에게 그 어떤 일보다 큰 보람이었다.

어떤 과학 커뮤니케이터가 되고 싶냐는 질문을 받은 적이 있다. 나는 마주 앉아 이야기를 나누고 등을 쓸어주며 함께 울어주는 과학 커뮤니케이터가 되고 싶다. 거기에 왜 굳이 과학이 들어가야 하냐고 물을 수 있는데, 사실 딱히 그래야 될 필요는 없다. 그저 나는 타인에게 그런 사람이 되고 싶은데, 내가 가장 좋아하는 것이 과학이었고, 십수 년을 과학자로 훈련받은 과거가 있기 때문에, 이미 자신의 일로 충분히 고민하고 있는 사람 앞에 "이런 것도 있다더라"며 하나 더 풀어놓을 수 있는 게 과학일 뿐이다.

누군가는 여전히 내가 하는 것이 제대로 된 과학 커뮤니케이션이 아니며, 개똥철학에 과학을 갖다 붙여 대중을 기만하는 행동이라고 한다. 그 의견도 존중한다. 하지만 동의하지는 않는다. 과학 커뮤니케이션은 연구가 아니다. 과학 커뮤니케이션에서 '과학'에

방점을 찍을 수도 있고, '커뮤니케이션'에 방점을 찍을 수도 있다. 나는 후자다. 이 책 또한 그렇게 쓰려고 최대한 노력했다. 나는 처음부터 이 책이 과학 코너가 아닌 일반 에세이 코너에 놓이기를 바랐다.

과학에도 인생에도 정답은 없기에 "이렇게 하라"거나 "이렇게 해야 된다"는 말은 최대한 빼려고 애썼다. (없지는 않다.) 과학 실험은 각종 변인을 완벽하게 통제해서 이루어지기에 서로 다른 연구자들 사이에서도 그 결과가 동일하게 적용될 수 있다. 하지만 인생의 변인은 짐작도 하지 못할 정도로 다양하며 통제되지도 않는다. 그래서 나의 경험과 그 결론을 타인의 인생에 그대로 적용할 수는 없다. 다만 나는, 두려움과 부끄러움을 무릅쓰고 여기에 고백한 나의 이야기가 이 책을 읽는 사람이 자신이 가진 질문의 답을 찾는 데에 쓸 만한 힌트 정도로 사용되기를 간절히 바랄 뿐이다.

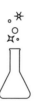

차례

일러두기

원문의 느낌을 살리기 위해 사투리, 비속어 등 몇몇 표기는 수정하지 않았습니다. 〈여전히 참 쉬운 손가락질들〉에서 '문둥병'의 정식 명칭은 '한센병'으로 사용하지 않는 것이 좋으나 당시 시대상을 드러내기 위해 일부 구간에서 해당 표현을 그대로 사용했음을 밝힙니다.

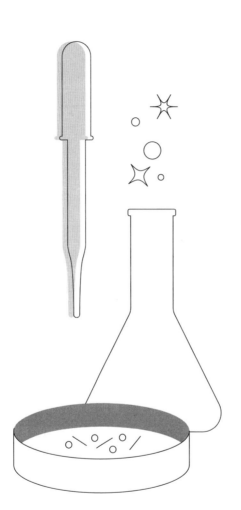

01

나는 너를 죽이려 했다

✦ ✷ ✧

가장 불편하고 받고 싶지 않은 선물이 있다. 바로 화분이다. 2년 전, 집들이 선물로 들어온 손바닥만 한 화분이 내가 직접 받은 마지막 화분 선물인데, 그때까지는 살아있는 생명을 정성으로 기르고 내 집의 일원으로 함께할 수 있는 몸과 마음의 에너지가 충만했다. 이 화분은 우리 집에 거의 나와 비슷한 시기에 입주를 해서 2년간 온갖 우여곡절을 다 겪었다. 일단, 선물을 준 친구가 식물의 이름을 적어 놓은 푯말을 잃어버린 까닭에 아직도 무슨 식물인지 모른다. 덕분에 볕을 좋아하는지, 음지를 좋아하는지, 물을 많이 주어야 하는지, 적게 주어야 하는지 아는 것이 아무것도 없었다. 그저 매일 들여다보면서 화분이 온몸으로 보이는 삶의 신호를 살뜰히 체크하고 그에 따라 물을 주거나, 볕을 쬐게 해 주거나 했다.

지난여름 장맛비가 내리던 날, 빗물을 마시게 해주고자 베란다 화분 걸이에 녀석을 내어놓았다. 다음 날 비가 개었는데, 나는 화분을 들이는 것을 깜빡했다. 이틀이 지나서 창문을 열었는데, 맙소사, 식물이 새카맣게 타들어 가고 있었다. 억장이 무너졌다. 화분이 뜨끈뜨끈했고, 37도에 육박하는 한여름 날씨에 직사광선을 그대로 맞은 식물은 이파리가 새카맣게 타버린 채로 죽어가고 있었다. 혼비백산해서 바로 욕실로 들고 들어가서 찬물을 줬다. 그러나 며칠이 지나자 잎들이 우수수 떨어지기 시작했다. 나는 곧 식물이 죽을 것이라 생각했다. 하지만 확실하게 말라죽지 않은 식물을 쓰레기통에 넣고 싶지 않아서 명을 다하고 바싹 마르기 전까지는 화분을 책상 위에 두고 보고 또 봤다. 아직 살아있는 식물을 쓰레기통(정확히는 유전자 변형 생물을 분리수거하는 통)에 처박는 일은 대학원에 있으면서 진저리가 나게 했다. 그래서 다시는 숨이 붙어 있는 식물을 쓰레기통에 처박는 일을 하고 싶지 않았다.

그런데, 며칠이 지나자 까맣게 탄 잎이 떨어진 자리에 새로운 잎의 순이 돋아났다. 2~3밀리미터밖에 되지 않는 그 쪼그마한 연두색은 바로 옆의 까만색과 무척이나 대비가 되며 '다시 살아남'을 너무도 분명하게 표시하고 있었다. 너무 고마웠다. 잎을 잡고 우리 다시 잘 살아보자고 악수했다. 그 뒤로 이 식물은 꽃대도 아닌 요상한 잎대를 올리며, 자라나는 아이가 부모에게 온갖 재롱으로 기쁨을 주듯, 내게 소소한 즐거움을 주었다. 한여름의 직사광선을 그대로 맞고 반쪽이 아예 날아가 버린 덕분에 새순이 돋은 뒤에도 머리가 찌그러진 듯한 요상한 생김새를 하고 있는데, 그마저도 나한테는 세상 이쁜 내 새끼였다.

몹시 지친 어느 날이었다. 화분이 부리는 재롱을 보기는커녕, 뜨문뜨문 물을 주는 정도로 녀석과의 관계를 유지하던 차였다. 사람들과의 관계에서 실망하는 일이 생기며 정신적인 피로가 극에 달했고, 엎친 데 덮친 격으로 일들이 몰리면서 평일 밤늦게까지, 주말에도 아침부터 저녁까지, 쉴 새 없이 일을 하게 된 때가 있었다. 내 한 몸 건사하기도 버거웠다. 집은 정말 잠만 자는 곳이었다. 그런데 나는 회사 일 외에도 벌여놓은 외부 활동이 많아서 집에서조차 편하게 쉴 수가 없는 상황이었다. 시간은 없고, 몸은 피곤하고, 예전처럼 새벽 3시나 4시까지 버티며 일을 해낼 수 있는 체력도 아니었고 정말 미치고 팔짝 뛸 노릇이었다. 그 불똥이 애먼 곳에 튀었다. 내가 몇 주를 까먹는 사이에 살짝 시들해진 화분을 보자, '녀석을 이제는 보내줘야겠다.'라는 생각이 들었다.

나는 녀석을 죽이기로 마음먹었다. 내 한 몸 건사하기도 버거운데, 책임져야 하는 생명이라니. 사실은 물만 주면 되는 것인데, 그때는 '목숨'을 하나 더 책임진다는 사실이 너무 짐스러웠다. 정신이 지쳐 제대로 된 판단을 하지 못한 것이다. 그렇게 나는 화분을 일부러 말렸다. 너무도 예뻤던 잎대 끝의 얇고 넓은 잎이 가장 먼저 바싹 말라버렸다. 죽어가는 과정을 보면서도 방치했다. 녀석이 알아서 말라 죽으면 종량제 봉투에 넣어서 버릴 참이었다. 이 집에 내가 책임져야 하는 그 어떠한 산 것도 있어서는 안 됐다.

그날도 집에 늦게 들어왔다. 화분 자리에 녀석이 없었다. 화들짝 놀라서 찾고 있으니 먼저 퇴근한 남편이 "네가 화분을 까먹은 거 같길래 내가 물 줬어."라고 했다. 맥이 탁 풀렸다. 꼭 저렇게 한 번씩 안 하던 짓을 한다. 욕실 세면대에서 녀석은 아주 오랜만에 물을 먹고 있었다. "나 걔 죽여서 버리려고 했는데…."라고 하니 남편은 "아, 그래? 몰랐어."라고 했다. 그렇게 또다시 화분은 며칠 동안 욕실 세면대 위에 원래 거기가 제자리인 양 방치되어 있었다. 한여름의 화염 속에서도 살아남은 화분의 생명력은 어마어마했다. 일부러 말려 죽이려 해도 죽지 않고, 다시 살아났다. 몰골은 더욱 처참해졌지만, 여전히 녀석은 살아있었다.

이제 화분은 다시 원래의 제자리인 창가의 테이블 위에 놓여 있다. 흙이 마르면 물을 준다. 나는 다시 녀석과 끝까지 한번 살아보기로 마음먹었다. 앞으로는 내가 아무리 힘들고 버거워도 저 친구를 벗 삼아 힘을 얻으며 견뎌보기로 했다. 이렇게까지 학대하고 모질게 굴었는데도 기어이 파란 잎을, 새순을 끊임없이 보여주다니. 여름이 오면 분갈이도 해 줄 참이다. 아무리 힘들어도 이 친구와의 인연은 이제 끝까지 가져가려 한다.

2년간 이러한 일련의 사건들을 겪으며, 나는 그전까지는 '좋은 선물'이라고 생각했던 화분 선물에 대해서 전혀 다른 시각을 가지게 되었다. 화분, 즉 살아있는 식물을 선물하는 것은 어쩌면 굉장히 기이한 일이다. 살아있는 생명을 주고받는다니. 손이 가지 않아도 혼자서 살아남을 수 있는 것도 아니다. 받는 쪽에서 평생을 공들여야 그 생명이 유지가 된다. 한철을 사는 식물이 아닌 이상, 그야말로 죽는 날까지 반려로 들여야 한다. 세상에 이토록 무겁게 책임을 지우는 선물이 또 있을까. 이것은 참으로 기이하다.

화분(이라고 쓰지만 살아있는 식물을 의미한다)을 선

물로 주고받을 수 있는 건, 애당초에 이것을 살아있는 또 하나의 소중한 생명으로서 인식하지 못하기 때문이다. 생명을 관리하고 책임지는 그 무게를 통감한다면, 주는 쪽도, 받는 쪽도, 그리 가볍게 대할 수는 없다. '플랜테리어'라는 인테리어 트렌드가 있다. 식물로 집이나 공간을 꾸미는 것이다. 이것은 식물을 인테리어 소품으로 본다는 것을 의미한다. 예뻐서 산다. 그리고 두어서 예쁜 곳에 둔다. 이 식물이 직사광선을 피해야 하는지, 빛을 많이 필요로 하는지, 응달에 두어야 하는지, 환기는 어떤지보다 공간의 무드와 잘 어울리는지가 더 중요하다. 그렇게 불편함을 감내하던 식물이 잎을 떨구고 '망가지면' 버린다. 그리고 그 자리에 새로운 화분을 들인다.

식물은 장식용 소품이 아니다. 식물은 이동하지 않을 뿐이지, 매일 역동적으로 움직이며, 살기 위해 주변 환경을 기민하게 인식하고 반응하는 생물이다. 인간이 이해할 수 있는 언어나, 들을 수 있는 소리 등의 자극을 만들어내지 못할 뿐, 환경적 자극에 대해서 분명히 반응을 나타낸다. 고양이의 밥을 굶기고, 강아지를 산책시켜주지 않는 것은 반려동물에 대한 학대임을 모두가 잘 알고 있지만, 반려 식물을 생육에 적합한 환경에 두지 않고, 환기를 잘 시켜주지 않거나, 물을 주지 않고 말리는 것 또한 생명에 대한 학대라고는 잘 생각하지 않는다. 나는 이것이 기이하고, 또 불편하다.

그저 예쁘다고 화분을 사서 선물하는 분위기에 약간의 고민이 더해지면 좋지 않을까. 반려동물을 입양할 때 단순히 외형만 보고 입양을 결정하지 않는 것처럼 식물을 집에 들일 때에도 만족스러운 수형뿐만 아니라 끝까지 이 식물을 책임질 수 있는지를 신중하게 고민하기를 바란다. 종량제 봉투에 넣고 있는 건 마른 식물의 잎과 줄기가 아니라, 얼마 전까지 집에서 함께 숨 쉬던 반려 식물의 시체다. 다들 식물이 미워서 일부러 죽이는 건 아닐 거다. 나는 반려 식물이라는 말이 참 좋다. 앞서 나에게 화분을 선물로 준 사람들에게 표시했던 감사는 진심이다. 좋은 마음으

로 내 삶에 들인 반려 식물과 보다 건강한 관계를 맺
기를 바란다.

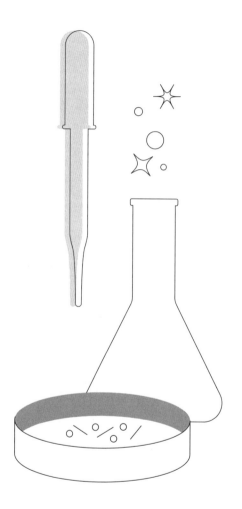

02

싹을 틔우는 것보다 중요한 씨앗의 일

✦ ✳ ☇

2016년 페임랩 대회에 처음 출전했을 때, 나는 스발바르 종자 저장고와 종자 휴면에 대해 발표를 했다. 당시에는 종자 휴면에 관여하는 호르몬과 호르몬 수송체를 '쉽고, 재미있게' 설명하는 데에 온 신경이 쏠려 있었다. 정작 나는 재미가 없었다. 종자 저장고와 종자 휴면은 나를 과학 커뮤니케이터로 만들어준 소재였지만 나는 그 뒤로 그것을 다시 꺼내지 않았다. 그러다가 '자기 연구 주제'로 강연하는 것이 진짜라는 소리를 어디서 듣고서는 괜히 혼자 찔려서 졸업과 동시에 봉인해 둔 외장하드를 다시 꺼냈다. 강연 자료를 만들기 위해서 실험 데이터와 논문, 랩 미팅, 워크 세미나 자료 파일들을 하나하나 다시 꺼내 봤다. 그제야 그것들이 제법 재미가 있었다. '그때는 이런 생각을 왜 못했을까?', '그때는 이걸 왜 몰랐을까?' 하며 파일들을 죄다 열어보기 시작했다.

씨앗의 할 일은 응당 싹을 틔우는 것이다. 하지만 내게 있어서 씨앗에는 그보다 더 중요한 과업이 있었다. 싹을 틔우기 전까지 일단 살아남는 것이다. 씨앗의 상태로 있을 때 식물은 여러 물리적인 위험 요소로부터 안전하다. 한 번 싹을 틔우면 식물은 일생을 그 자리에 붙박이로 살며 모든 위험들을 정면으로 맞아야 한다. 식물이 가장 약할 때는 갓 싹을 틔웠을 때다. 그래서 싹을 틔우는 타이밍이 아주 중요하다.

가을에 열매를 맺는 식물을 생각해 보자. 새가 열매를 먹고 씨앗은 다시 땅으로 배설한다. 여기서 무턱대고 싹을 틔우면, 작고 여린 떡잎은 커다란 나무도 견디기 어려워 잎을 모조리 떨구고 버텨야 하는 혹독한 겨울과 맞닥뜨린다. 죽을 수밖에 없다. 이런 참사를 막기 위해 씨앗은 아무 때고 싹을 틔우지 않고, 동물이 겨울잠을 자듯, 잠자코 기다린다. 이것이 종자 휴면이다. 이 주제로 강연을 할 때 나는 간단히 '씨앗의 겨울잠'이라고 설명하기도 한다. 겨울이 지나 봄이 와서 날은 따뜻해지고, 얼음이 녹고 흙이 촉촉

해지면 씨앗은 비로소 싹을 틔운다.

나는 학위 기간 동안 종자 휴면 상태를 유지하는 호르몬의 이동 경로와 수송 메커니즘에 대한 연구를 했다. 식물은 저마다 다른 종자 휴면 기간을 가진다. 어떤 식물은 씨를 맺은 뒤 한두 달 만에 휴면에서 벗어나 싹을 틔울 수 있는 상태가 되지만, 또 다른 식물은 훨씬 더 긴 휴면 기간을 가진다. 영화 〈마션〉을 보면서 저래도 되나 싶었던 부분이 그거다. 주인공 와트니 박사는 화성에 홀로 남겨졌다. 다음 탐사선이 올 때까지 식량으로 가져간 감자를 심고 길러서 먹으며 몇 년이고 살아남아야 한다. 왜 하필 그의 식량은 감자인가. 영화에서는 수확하고, 바로 심고, 또 싹이 나지만, 실제로 감자는 휴면 기간이 유난히 긴 식물 중 하나다. 미국 사람들이 가장 많이 먹는 감자는 '러셋버뱅크'라는 종인데 만약에 와트니 박사가 가져간 것이 러셋버뱅크 감자라면 그는 최소 140일 이상의 휴면 기간까지 생존을 위한 계산에 넣어야 한다.

사람이 절박해지면 판단력이 흐려지고 눈이 먼다. 대학원생 시절의 내가 딱 그랬다. 포항을 벗어나는 것 말고는 아무것도 생각하지 못했다. 그래서 그때는 모든 것이 다 논문을 내기 위한 데이터로만 보였다. 매일 수백 개의 씨앗을 들여다보고, 심고, 까고, 발아율을 관찰하면서 그저 실험의 결과가 우리가 세운 가설과 일치하는지만 확인했다. 몇 퍼센트의 씨앗이 발아를 했는지, 야생종과 돌연변이종의 발아 억제율의 차이가 얼마나 나는지, 결과는 통계적으로 유의미한지 따위가 관심사의 전부였다. 졸업하고도 수년이 지난 뒤, 연구를 완전히 그만둬서 논문을 내야 한다는 압박이 사라진 상태에서 본 데이터들은 전혀 다른 이야기를 가지고 있었다. 거기에는 숫자와 그래프로 만들어질 실험 재료가 아니라, 묵묵하게 하지만 치열하게 싹을 틔울 때를 기다리는 씨앗이 있었다.

졸업을 하고, 논문에 대한 절박함은 사라졌지만 더 큰 절박함이 내 눈을 멀게 하고 있었다. 성공에 대한 욕심으로 인해 나는 굉장히 조급했다. 어느덧 불혹인데, 이룬 것이 아무것도 없었다. 열심히 산 것 같은데, 나를 증명할 만한 것이 어디에도 없다고 생각했다. 애초에 일의 목표와 성공의 기준을 잘못 잡고 있었다. 박사 학위를 받은 후 내 인생의 다음 목표는 과학 커뮤니케이터로서의 성공이었다. 페임랩을 통해 만난 동료들은 소위 한국 사회의 상위 1퍼센트들이었다. 쭉 나열하면 대한민국의 그 어떤 부모도 꼬시지 못할 리가 없는 화려한 이력들을 가지고 있었다. 그들은 뛰어난 재능에 성실함까지 모두 갖추고 있었다. 그들의 걸출한 성과를 자주 접하며 나는 나에게 집중하기보다 타인의 성공에 집착하기 시작했다. 또다시 눈이 멀었다. 삶의 목표나 성공의 기준이 타인이 되면서 나는 불행의 늪에 제 발로 걸어 들어갔다. 남들은 화려하게 피어나는 커다란 꽃봉오리들 같았고, 나는 비척대다가 말라비틀어진 잡초 같았다.

타인의 욕망을 욕망하면서 엉망이 되어 가던 나는 크게 앓고 난 뒤에 정신이 번쩍 들었다. 목숨이 경각에 달려야 철이 드나 보다. 타인의 성취에 관심이 사라졌고, 삶의 기준이 내가 되었다. 욕심과 조바심이 사라지니 이전에는 안 보이던 것들이 보이기 시작했다. 하루아침에 스타가 된 어떤 연예인이 불과 몇 달 만에 구설에 올라 사람들의 눈 밖에 나는 걸 보면서 운이니, 유명세니, 성공이니에 앞서 중요한 것은 내 그릇이겠구나 하는 생각이 들었다. 준비되지 않은 상태에서 맞이하는 성공은 더 큰 독이 될 수도 있다.

때 이른 발아는 식물을 죽인다. 종자 휴면 기능이 제대로 작동하지 않으면 '이삭 발아'라는 현상이 일어난다. 옥수수 농사를 짓는 농부가 있다고 생각해 보자. 옥수수의 수염이 나고 스무닷새가 지났다. 이제 옥수수를 수확해서 내다 팔 때다. 농부는 밭으로 가서 씨알이 잘 영글었나 확인해 보려고 이삭 껍질을 벗겨봤다. 웬걸. 옥수수 낱알들이 속대에 붙은 채로 싹이 터 있었다. 이게 이삭 발아다. 농부는 1년 농사를 망쳤고, 옥수수는 이제 싹튼 채로 말라 죽거나 썩어 죽을 일만 남았다. 무작정 싹을 틔우기보다 적당한 때를 기다리는 것이 얼마나 중요한지 옥수수가 다시 알려준다.

기다림이 중요하다. 씨앗은 얼마나 오래 때를 기다리며 견딜 수 있을까. 2003년, 〈사이언스〉에 논문이 하나 발표되었다. 고대 헤롯왕의 요새에서 발굴한 단지에서 대추야자 씨앗이 몇 점 발견되었다. 탄소연대 측정 결과 약 2천 년가량 된 씨앗이었다. 연구자들은 그 씨앗의 싹을 틔워보기로 했다. 각고의 노력 끝에 2천 년 전의 대추야자는 싹을 틔우고 온전한 성체의 대추야자나무로 자랐다. 우리나라에서도 비슷한 일이 있었다. 2009년에 경남 함안의 고대 아라가야 옛 성터를 발굴하던 중, 연씨가 몇 립 발견되었다. 한국지질자원연구원에서 분석한 결과 약 700년 전 고려시대의 연씨로 밝혀졌다. 함안박물관과 농업기술센터의 노력으로 700년을 기다린 연씨가 꽃을 피웠다. 끝으로 갈수록 분홍빛이 진해지며 곱게 그러데이션으로 물든 그 연꽃잎은 교과서 속 그림에서 보던 연꽃과 똑같았다. 이제는 누구나 700년 전의 연꽃을 볼 수 있다. 나는 영구동토층이나 빙하에서 고대의 바이러스가 발견되었다는 뉴스를 볼 때마다 등골이 서늘하면서도, 한편으로는 싹을 틔우기를 기다리

고 있는 고대의 씨앗이 또 있지 않을까 하는 기대도
해본다.

　내 인생이 꽃도 한 번 제대로 못 피워보고, 그냥
시들어 버린 것 같을 때가 있다. 분명 열심히 살았는
데, 어느 날 내 삶을 돌아보니 남는 것이 없다. 나는
우리가 아직 싹도 틔우지 않았다고 생각한다. 휴면의
시간 동안 씨앗도 그냥 있는 게 아니다. 발아 호르몬
농도가 임계점에 도달하기 위해 새에게 먹혀서 소화
를 거쳐야 하기도 하고, 겨울의 혹독한 추위를 반드
시 겪어야 하기도 한다. 산불이 나야 싹이 트는 씨앗
도 있다. 정해진 시간과 제 몫의 시련을 다 겪어내야
만 비로소 싹이 틀 준비가 완료된다. 나도 지금 휴면
중이다. 더는 꽃이 피네 마네를 생각하지 않는다. 대
신 나의 발아 호르몬 농도가 임계점에 도달할 수 있도
록 별것 아닌 것 같은 나의 하루를 충실하게 쌓아가
려 한다. 내 몫의 삶을 충분히 살아낸 뒤라면 비로소
세상으로 한 발 삐죽 내밀 수 있는 날이 오지 않을까.

03

그 겨울의 도서관

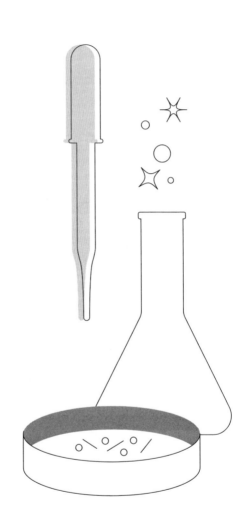

✸ ✷ ✵

과학 커뮤니케이터로 활동한 지 3년 차가 되던 해의
겨울, 특이하게도 도서관에서 강연 요청이 왔다. 대
구의 고산 도서관이었다. 강연 요청을 받으면 가장
먼저 원하는 주제가 있는지, 청중은 어떤 사람들인지
를 알아본다. 그간 학교에서 학생을 대상으로 하는
과학 강연만을 해왔던 터라 도서관 강연의 청중은
도저히 가늠할 수가 없었다. 지역 사회의 다양한 사
람들이 참석한다는 이야기만 듣고, 전공이었던 식물
을 주제로 '어디서도 들어본 적 없는 식물 이야기-식
물잡썰'이라는 제목의 강연을 준비해 갔다.

어느 정도 짐작은 했지만, 실제로 가보니 강당에
는 꽤나 넓은 스펙트럼의 청중이 모여 있었다. 200명
이 앉을 수 있다던 강당이 가득 차 있었다. 강연 내
내 발 장난을 치거나 큰 소리로 까르르 웃던 유치원

생 아이부터, 도대체 평일 이 시간에 어떻게 온 건지가 궁금한 교복을 입은 학생, 주부, 돋보기를 쓰고 뭔가를 계속 받아 적으시던 할머니, 중절모를 쓰신 할아버지까지 다양한 사람들이 자리를 채우고 있었다. 그날, 강연을 하며 정말 많은 눈들과 마주쳤다. 강연을 마치고 집으로 돌아가는 길에 나는 꼬리를 무는 생각들에 발목을 잡혀 점성이 높은 꿀 속을 걷듯 느릿느릿 걸었다.

앞서의 2년 동안 나는 과학 문화의 '수혜자와 수요자'에 대해서 생각을 해본 적이 없었다. 페임랩 대회에 출전한 것을 계기로, 한국과학창의재단의 과학소통사업에 참여하여 주로 활동을 한 까닭에 해당 사업의 수혜자가 자연스레 내 과학 커뮤니케이션의 대상이 되었다. 대부분이 10대 청소년들이었고, 20~30대의 성인도 있었다. 과학 소통 사업의 목적이 과학에 대한 새로운 문화를 만드는 것이었기 때문에, 문화를 소비하고 확산시키는 주체에 집중하는 것은 응당 영리하고 상식적인 전략이었다. 하지만 도서관에서 돌아온 날, 나는 슬퍼졌다. "이게 '내가' 목표로 하던 과학 소통인가?"

강연을 요청한 도서관 관장님은 열정적인 분이었다. 어떻게 하면 도서관이 지역 사회에서 더욱 필요로 하는 커뮤니티의 역할을 할 수 있을까를 끊임없이 고민했고, 그중 한 가지 시도가 교수급이 아닌, 젊은 과학자들이 하는 새로운 스타일의 과학 강연이었다. 강연이 끝난 뒤, 관장님과 식사를 하고 차를 마시며 얘기를 나눴다. 예상치 못했던 주민들의 높은 관심과 호응에 몹시도 감동했던 나는 "노인과 주부들의 참여가 인상 깊었어요."라고 운을 뗐다. 그리고 되돌아온 관장님의 대답에 나는 뭔가 야단을 맞은 듯한 묘한 죄책감을 느꼈다.

"어떤 노인분들은 강연만 있으면 꼭 참석하세요. 젊어서는 먹고살기 바빠서 배우지 못한 아쉬움을 이제라도 풀어보고 싶으신 거죠. 어떤 분은 본인도 젊어서는 과학을 전공하셨대요. 그런데 애 낳고 키우며 사느라 그런 걸 포기하고 살다가 이런 강연 들으며 후배 과학자들의 모습에서 뿌듯함을 느끼신대요. 엄마들이 자식들 공부시키려고 데려왔다가, 자기가 더 많이 공부가 되었다며 돌아가기도 해요."

'노인과 주부', 나이 든 어른. 부끄럽게도 그동안 나는 그들을 과학 문화의 수요자로 고려해 본 적이 없었다. '나이 든 사람들은 과학적 호기심이 없나?' 어쩌면 우리가 은연중에 아이들은 과학적 호기심으로 충만한 존재지만, 나이 든 사람들은 그렇지 않다고 쉽게 단정 지어 버린 것은 아닐까. 물론 나도 어느 모임에서 섣불리 과학 이야기를 꺼냈다가 분위기를 망친 대역죄인이 되어 입을 봉한 경험이 여러 번 있다. 그렇지만 이러한 반응이 단순히 연령 때문이라고 할 수 있나. 내가 그날 도서관에서 만난 어른들은 과학에 관심이 없어서가 아니라, 당장 먹고사는 문제가 더 급해서, 혹은 나 자신보다 더 챙겨야 할 존재들이 있어서, 자신의 호기심과 배움에의 의지를 뒤로 미뤄두고 살아온 사람들이었다.

뇌 신경세포의 형광 현미경 사진을 보며 마치 한 편의 예술 작품을 보듯 경탄하던 노인의 얼굴이 선하다. 입으로 감탄사를 내뱉으며 열심히 필기하던 어머니들의 분주한 손이 기억난다. 엄마들은 아이들보다 더 열심히 질문했고, 그 질문 하나에 앞서 차근차근 나름의 과학적 논리를 전개했다. 쌀밥 한 공기 배불리 먹는 것이 소원이던 시절을 살아내느라 배우고 싶은 마음은 포기하고 살아온 이와, 배 속에 품어 키울 때부터 양보하는 것이 습관이 되어 나의 성취보다 가족과 자식의 성취를 우선하며 살아온 이들이 이제야 스스로를 위해 무언가를 해보겠노라며 도서관을 찾는 그 발걸음을 나는 진심으로 응원하고 싶다. 소통은 막히지 않는 것을 의미한다. 그러므로 내가 과학을 이야기할 때에는 학력, 나이, 직업, 성별 등을 불문하고 장벽도, 소외되는 이도 없기를 바란다.

04

왜냐는 질문

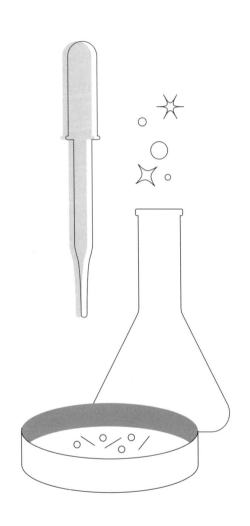

✦ ✳ ✧

어디 가서 식물을 연구하고 있다거나, 연구했다고 하면 사람들이 주로 묻는 질문들이 있다. 크게 둘로 나눌 수 있다. 하나는 식물의 이용과 관련된 질문이다. 어떤 식물이 있는데 그걸 먹으면 어디에 좋냐거나, 어떤 식물을 어디에 어떻게 쓸 수 있냐는 식이다. 또 다른 질문은 식물이 왜 그러냐는 질문이다. 왜 가을에 단풍이 드냐, 왜 낙엽이 지냐, 식물의 생리적인 현상을 두고 이유를 묻는 식이다.

나는 두 가지 질문 모두가 불편했다. 첫 번째 질문이 불편한 까닭은 나는 식물을 인간과 마찬가지로 지구에서 그저 살아가는 존재이지, 인간이 이용하기 위해 있는 존재라고 생각하지 않기 때문이다. 식당에 가면 벽에 커다랗게 '○○의 효능'을 인쇄한 포스터가 붙어있는 것을 볼 때마다 인간의 탐욕이 보이는 듯해

내심 언짢았다. 그래서 누가 그런 질문을 하면 대충 "아, 그렇군요." 하고 넘어간다. 하지만 두 번째 질문에는 그냥 넘어가지도 못했다. 나는 질문을 한 사람에게 공격적인 태도로 되묻곤 했다. "우리가 식물이 '왜' 그러는 건지, 과연 알 수 있을까요?" 나에게 있어 식물이 왜 그러냐고 묻는 건, 삼라만상의 중심인 인간이 식물의 행동마저 자신을 기준으로 판단하기에 할 수 있는 질문이었다.

'식물이 왜'라는 질문에 불편함을 느끼면서도 정작 내가 왜 그런지에 대한 생각은 정리가 잘 되지 않았다. '왜'라는 질문에 한동안 골몰했다. 답이 있나 싶어 검색을 해봐야 '왜라는 질문을 해야 하는 이유' 같은 글이나 영상만 잔뜩 나왔다. 더 부아가 치밀었다. 그러던 어느 날, 유튜브에서 우연히 리처드 파인만의 영상을 하나 보게 되었다.

영상에서 파인만은 인터뷰를 하고 있었다. 기자는 두 개의 자석을 같은 극끼리 가까이 대면 왜 미는 것 같은 느낌이 나는지를 묻고 있었다. 그 질문에 파인만은 한참 동안 딴소리를 한다. 결국은 질문에 대한 답을 해주기는 했지만, 그는 기자의 질문 자체에 답을 하기보다 '왜'에 대한 질의와 응답이 얼마나 어려운 일인지를 설명하는 데에 더 열심이었다. 기자는 곤혹스러웠겠지만 나는 덕분에 오래도록 엉켜 있던 생각을 제법 정돈할 수 있었다. 파인만의 요지는 이렇다. '왜'라는 질문에 답을 하기 위해서는 그 질문과 질문자에 관련된 어떠한 조건들에 대한 이해 또는 합의가 질문자와 응답자 사이에 선행되어야 한다는 거다. 기자가 파인만에게 자석의 척력에 대해서 물어보았을 때는 간단한 물리 현상을 천재 물리학자가 어떻게 설명할 것인지 알고 싶은 의도가 있었을 것이다. 하지만 이건 내 생각이고, 그가 실제로 질문을 통해서 알고 싶은 것이 무엇인지, 그리고 파인만이 어느 정도의 깊이로 답을 해야 하는지는 사실 그의 질문만으로 정확하게 파악할 수 없다.

내가 식물이 왜 그러는지를 물어봤던 사람들의

질문을 불편하게 느꼈던 건, 질문자의 의도를 내 멋대로 추측했기 때문이었다. 나는 사람들이 식물을 인간의 기준으로 이해하고 판단하려 한다고 지레짐작했다. 식물은 식물이고, 사람은 사람이다. 인간이 제아무리 식물이 '왜' 그러냐고 물은들, 공유하는 의사소통 수단이 없는 두 생명체가 그 의중을 어떻게 서로 알 수 있겠는가. 아니 애초에 식물이 의중을 가지고 잎을 떨구고 꽃을 붉히는지 어떻게 아는가. 우리가 식물에 대해서 알 수 있는 건 '어떻게'까지일 뿐, '왜'는 절대 될 수 없다. 이것이 나의 생각이었다. 난그들이 아주 오만하다고 생각했다.

하지만 사실 오만한 건 나였다. 한 번씩 과거에 쓴글들을 읽어보곤 한다. 불시에 떠오르는 생각들을 원노트나 스마트폰 메모장에 휘갈겨 놓는다. 과거의 내가 사랑에 관심이 생겼던 모양인지, 원노트에 사랑이란 무엇인지에 대해 써놓은 글이 있었다. "어떤 대상을 사랑하게 되었다는 것은 그 상대에 대해서 더 많이 알고 싶은 것, 궁금한 것이 많아지는 것, 더 많이 이해하고 싶어지는 것."이라고 적혀 있었다. 왜인지 몰라도 그때 나는 나한테 식물이 왜 그러냐고 물어봤던 사람들이 생각났다.

식물을 전공했다는 박사가 와서 식물에 대해서 얘기한다는 강연에 온 사람들은 대부분 식물을 키우고 있었다. 그들이 물어본 식물들은 대부분 직접 키우고 있는 반려 식물들이거나, 집으로 데려와서 키우지는 못해도 애정을 가지고 있는 식물들이었다. 그들은 단순히 식물에 대한 지식을 원해서 질문을 한 게 아니었다. 매일 들여다보면서 우연히 관찰하게 된 반려 식물의 흥미로운 현상이 궁금해서였고, 함께 살고 있는 식물이 잘 자라지 못하고 아픈 것이 염려가 되어서였고, 산에서 만난 식물이 철마다 보여주는 근사한 모습이 고마워서였다. 거기다 대고 나는 "'왜'라는 걸 우리가 어떻게 알 수 있을까요. 그건 우리 인간이 식물을 너무 우리의 기준으로 보려고 하는 질문이 아닐까요?" 같은 소리를 했다. 이런 현문우답이 없다.

그 넓은 강연장에서 굳이 손을 들고 사람들의 시선을 받으며 질문을 했다는 건 그것이 그만큼 궁금했기 때문이었을 거다. 그렇게 용기를 내었는데, 결국 돌아온 것이 본인의 의도를 폄하하고 별반 도움도 되지 않은 대답이어서 혹시라도 상처받은 사람이 있을까 걱정스럽다. 그것은 내가 강연자로서 질문자의 의중을 파악하고 적절히 대답하는 능력이 부족했던 탓이다. 그분들이 이 글을 보실지는 알 수 없지만, 그날의 무례에 진심으로 사과드린다.

사람들이 식물의 의중을 멋대로 파악하려 한다고 비난하면서 나는 타인의 의중을 내 멋대로 재단했다. 꼰대들이 왜 욕을 얻어먹는가. 상대가 무슨 생각을 하든 상관없이 자기 생각만을 잘난 체하며 떠들어대서 욕을 먹는 것 아닌가. 욕만 먹나. 결국은 모두가 그치와 말을 섞으려 들지 않는다. 알량한 권위가 아니고서는 주변에 사람이 머물지 않는 것이 꼰대다. 내가 그러고 있었다. 등골이 서늘했다. 깊이 반성하고, 앞으로는 그러지 않겠다고 다짐해 본다.

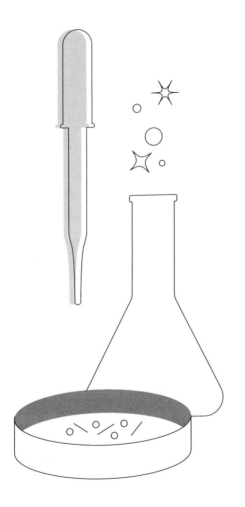

05

논문은 결론으로 끝나지 않는다

☆ ❋ ☆

과학 소재의 성공적인 콘텐츠화를 통해 과학 문화가 점점 자리를 잡고 있다. 양자역학이니, 수학의 난제니, 물리방정식이니 하는 무시무시한 것들을 비전공자들이 밈화하고 가지고 논다. 과학이 재미있다는 이야기를 했다가 무지막지하게 핀잔을 먹었던 개인사를 떠올리면 참으로 격세지감이다. 과학을 전공하지 않은 사람들 사이에서 과학이 자연스럽게 일상 속 대화의 소재가 되고 있지만 단 하나, 논문만큼은 여전히 전공자의 영역이다. 당연하다. 논문은 애초에 대중을 대상으로 쓴 것이 아니다. 수려한 글솜씨까지 겸비한 연구자가 드물게 있지만, 대부분의 논문은 읽음 직하지 않다. 일단 영어로 되어 있고, 전공지식을 가지고 있는 독자가 대상이기에 전문용어로만 쓰인다. 그럼에도 불구하고 이 논문이라는 것을 읽다 보니 과학 전공자든 아니든 상관없이 적용되는 것을 발견했다.

논문은 우리가 익히 국어 시간에 배운 것과는 다른, 특이한 형식을 가진다. 학교에서 배우기로 글은 기본적으로 기승전결의 구조를 가진다. 그런데 논문은 첫 쪽에 모든 요약과 결론이 가장 먼저 나온다. 모든 결론을 함축한, 전혀 은유적이지 않은 제목 바로 다음에 초록Abstract이라는 제목의 단락이 온다. 초록은 논문의 전체적인 요약이다. 어떤 저널은 아예 첫 페이지에 결론을 도식화한 그림이나 초록보다 더 결과 정리에 가까운 요약Summary 또는 결론Conclusion 등을 넣기도 한다. 그래서 논문은 첫 장만 읽어도 주제를 다 파악할 수 있다.

요약을 먼저 하고, 논문의 실질적인 본문이 시작된다. 연구의 배경과 선행연구, 그리고 본 논문의 가설을 소개하는 서론Introduction을 시작한다. 그다음은 실험 방법과 재료를 적은 실험 방법Materials&Methods이 나온다. 논문에 소개된 연구는 어느 실험실에서건 동일한 결과가 재현되어야 하기 때문에 이 단락은 가급적 상세하게 쓴다. 그리고 결과[Result]가 나온다. 논문에서 가장 중요한 부분이다. 실질적인 실험의 결과를 표와 그래프, 그림과 사진으로 최대한 정확하게 기술해야 한다. 끝으로 논문의 본문은 연구와 관련된 연구자의 소감이 담긴 고찰[Discussion]로 마무리된다. 초록, 서론, 실험 방법, 결과, 고찰 순으로 이어지는 논문의 구조를 누가 처음 제안했는지는 몰라도 나는 이것이 상당히 매력적인 구조라고 생각한다. 기실 모든 논문은 고찰로 끝날 수밖에 없기 때문이다.

짬이 차면 논문을 읽는 속도가 상당히 빨라진다. 배경지식이 는 까닭도 있지만, 필요로 하는 정보만을 찾는 발췌독이 익숙해지기 때문이다. 우선, 제목과 초록을 통해 내가 필요로 하는 정보를 얻을 수 있는 논문인지 파악한다. 그다음부터 읽을 부분을 고른다. 논문에 나온 실험을 해야 하는 상황이면 실험 방법 단락으로 간다. 연구 분야의 정보가 필요할 때는 서론으로 가서 저자가 열심히 찾아서 적어 놓은 해당 분야의 역사와 배경, 선행 연구 등의 정보를 얻는다. 논문의 전반적인 파악이 필요할 때는 결과 단락을 본다. 그런데 논문을 보면서 고찰을 먼저 읽는 사람은 거의 못 봤다.

앞에서 논문의 고찰 단락이 연구자의 소감문이라고 했지만, 일반적인 소감문처럼 개인적인 감상 위주의 소감은 아니다. 고찰에는 연구에 국한한 연구자의 소감을 쓴다. 결과로부터 내린 결론, 연구를 하는 동안 새롭게 생긴 질문들, 해결하고자 했으나 여건상 해결할 수 없었던 질문, 본 연구의 결과로부터 파생되는 새로운 연구의 제안 같은 것이다. 나도 처음에는 논문에서 고찰 단락을 대충 훑고 넘겼다. 실험 방법이나 결과가 당시의 나에게는 더 필요했기 때문이다. 하지만 시간이 지나면서 같은 연구를 하는 사람들이 가진 다른 시각, 다음 단계의 연구 주제 등에 대한 힌트가 필요해졌고, 나는 남들이 쓴 고찰을 더 꼼꼼히 읽게 되었다.

모든 논문은 해답이나 결론을 제공한다. 하지만 하나의 논문이 줄 수 있는 답은 언제나 한계를 가진다. 모든 연구의 결과는 연구자들이 지금 사용할 수 있는 장비나 기술을 최대한 사용해서 얻은 것이다. 따라서 여기에는 기술적인 한계가 있을 수밖에 없다. 시간이 지나서 과거의 논문이 잘못된 것으로 밝혀지는 경우가 자주 있다. 결과 조작의 이야기가 아니다. 연구를 했던 그 당시로서는 그것이 가장 합리적인 결론이었다. 가끔 이런 사정을 두고 비난을 하는 경우가 있는데 그건 옳지 않다.

　과학은 발명이 아니라 발견이라고 한다. 과학자들은 연구를 통해 어떠한 발견의 조각들을 찾는다. 그리고 그 조각을 최대한 합리적인 방식으로 조립해서 결과물을 만든다. 장비나 기술이 발전하면 전에는 보지 못하던 사실의 조각들을 발견하게 된다. 새롭게 찾은 조각을 들고 보니 과거의 조립물에 수정이 필요하다면 그렇게 하면 된다. 이것은 지극히 정상적인 연구의 과정이고 과학 또한 이렇게 발전해 왔다. 과학에 정답은 없다는 말이 여기서 나온다.

살아가는 것이 실험을 하고 논문을 쓰는 과정과 닮아있다는 생각이 들었다. 우리는 태어나면서 '나의 인생'이라는 연구 주제를 받은 대학원생이 된다. 각자의 처지에 따라 각기 다른 수준의 장비들로 다양한 경험을 하며 결과 데이터를 쌓아간다. 그렇게 얻은 결과의 조각들로 사람들은 각자의 논리와 가치관에 따라 인생의 형태를 만들어간다. 결과의 조각을 단어라고 생각하면 자서전을 써 내려가는 것과도 같다. 살면서 다른 사람의 자서전을 한 번씩 들여다보게 된다. 우리가 타인의 자서전을 완독하는 경우는 없다. 우리는 타인의 자서전을 단편만 볼 수 있는데, 그걸 보고 저 삶은 틀렸다고 말하기도 한다. 하지만 과학처럼 삶에도 정답이란 없다. 남들의 자서전을 보고 나니 내 것이 초라하고 못마땅해 보여서 타인의 자서전을 베끼려 하기도 한다. 불가능하다. 그다음을 이어 나갈 단어의 조각을 얻을 수가 없기에 베껴 쓴 자서전은 이상한 곳에서 끝난다. 각자의 자서전은 각자가 얻어낸 단어의 조각으로만 써야 끝까지 잘 마무리 할 수 있다.

인생의 자서전은 각자의 몫이지만 우리는 타인을 위해 자서전에 고찰을 하나 더 쓸 수 있다. 나는 논문 의 고찰이 앞선 연구자가 다음 연구자에게 남기는 타 임캡슐처럼 느껴진다. 과거의 불완전한 연구가 발판 이 되어 다음 연구자는 한 발 더 나아갈 수 있다. 연 구자들이 서로를 경쟁자로 여기지 않고 서로가 서로 의 발판이 되어주며 계속해서 탑을 쌓아 갔기에 과학 은 여기까지 발전할 수 있었다. 만약 우리가 서로의 삶에 대한 고찰을 공유한다면, 우리는 나와 다른 시 각으로 세상을 보고, 나와 다른 세상을 경험하고, 나 와 다른 가치관으로 사고하는 이의 불완전한 결론을 참고하여 더 나은 삶을 위한 답에 가까워질 수 있지 않을까.

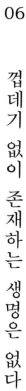

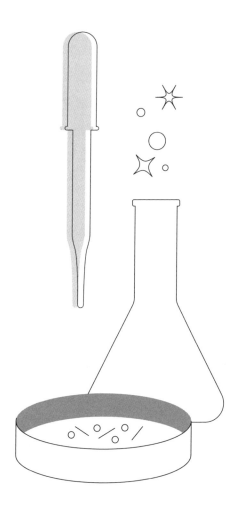

06

껍데기 없이 존재하는 생명은 없다

✦ ✹ ✧

학창 시절의 나는 과학만큼이나 국어도 좋아했다. 특히 순수문학을 가장 좋아했다. 꽤 많은 시를 외웠고, 내심 그 점에 대해서 자부심이 있었다. 그때 유난히 좋아했던 시들이 있는데, 나이를 먹으면서 시에 대한 감상들이 조금씩 달라졌다. 어떤 시는 그 슬픔이 더 처절하게 다가오기도 하고, 어떤 시는 담담하게 받아들일 수 있게 되었다. 개중에는 감상이 완전히 달라진 시도 있다. 신동엽의 〈껍데기는 가라〉다.

껍데기의 사전적 정의는 물질의 겉을 싸고 있는 단단한 물질이고, 껍질은 물체의 겉을 싸고 있는 단단하지 않은 물질이다. 학부 때 국문과 수업을 들으면서 가장 기억에 남은 것이 이 껍데기와 껍질의 구분이었다. 엄연히 껍데기와 껍질은 다른 것이고, 생물학에서 말하는 뭔가를 둘러싼 물질이라면 껍질이 더 정확한 표현이지만 여기서는 우리에게 익숙한 표현인 '껍데기'로 통일해서 쓰겠다.

〈껍데기는 가라〉에서 말하는 껍데기는 알맹이를 빼내고 겉에 남은 물건을 말한다. 알맹이는 순수한 것이자 진실한 것이고, 껍데기는 불필요하고 진실을 가리는 가짜를 의미한다. 이 시뿐만 아니라 우리가 일반적으로 생각하는 껍데기의 이미지가 이것과 가깝다. 시에서 화자는 실오라기 하나 걸치지 않은 모습으로 서로에게 서라고 한다. 이것은 꽤나 아쉽다. 사람이 살아가는 데에 필수적인 요소인 '의식주' 중 하나인 옷을 불필요한 겉치레 취급을 한 것이다. 생물학적으로 볼 때 옷의 본질은 보호막이다. 진화의 과정에서 몸뚱어리의 털을 홀랑 잃어버린 인간이 강한 화학반응을 일으키는 자외선이나 추위로부터 몸을 보호하기 위해서는 옷이 반드시 필요하다. 시의 배경이 4월이나 5월 즈음으로 추정되기에 봄철의 한반도 어디 중립의 초례청에서 마주한 그들은 벌거벗은 채로 무사할 수 있지 않았을까. 만약 시의 배경이 한겨울이었다면 껍데기 없이 알몸으로 마주한 그들에게 서로의 알맹이를 알아볼 여유 따위는 없었으리라.

인간의 고정관념이 적용되지 않는 자연에서 껍데기는 더욱 중요하다. 생명 탄생의 시발은 그야말로 껍데기의 발생에서 시작되었다고 할 수 있다. 바로 세포막이다. 세포는 모든 생물의 근본이다. 세포라는 말을 들으면 머릿속에는 절로 내부에 무언가가 들어 있는 둥그런 주머니가 그려진다. 세포의 '포'가 주머니다. 주머니가 만들어지기 위해서는 껍데기가 필요하다. 세포막은 단순히 물질을 담아두거나 가둬두는 것 이상의 의미를 가진다. 생명의 기본 단위인 세포의 존재는 세상과 생물 사이에 분명한 경계가 존재함을 의미한다. 지구상의 무수한 생물들이 각각의 개체로 존재할 수 있는 것은 세포막이 이들을 하나하나 구분해 주기 때문이다. 나와 이 세상을 구분하는 것도 세포막이다. 실험실에서는 다양한 목적으로 세포막을 부수는데, 일단 세포막이 터지는 순간, 세포는 더 이상 하나의 생명이 아닌 이런저런 화합물의 범벅이 된다.

    지금 우리는 당연한 듯 건조한 대기 속에서 살고 있지만, 본디 모든 생명은 바다에서 시작되었다. 원시 지구는 뜨거웠고, 오존층의 부재로 태양 자외선은 고스란히 지표에 꽂혔다. 그 파괴력을 버텨낼 생물은 없었다. 지구의 나이는 약 45억 년으로 추정되는데, 최초의 육상 식물이 등장한 것은 무려 40억 년이 지난 4~5억 년 전이라고 한다. 물속에 살던 조류가 이끼류로 진화를 거쳐 뭍으로 올라오기 시작했다는 것이 현재로서는 가장 유력한 가설이다. 여기서 또 껍데기가 중요한 역할을 했다. 자외선도 문제지만 뭍은 물속과는 비교가 되지 않을 정도로 건조하다. 뭍에서 살아남기 위해서는 방수 기능을 하는 껍데기가 반드시 필요했다. 지금의 식물은 단순히 물 밖에서 말라 죽지 않는 차원을 넘어 물을 튕겨낼 정도의 방수막도 가지고 있다. 식물이 왁스를 비롯한 다양한 기름 성분들로 껍데기를 만들었기 때문이다. 식물이 뭍에서 번성하기 시작하면서 광합성을 통해 산소 농도가 높아지기 시작했고, 오존층이 형성되어 태양 자외선에 대한 보호막이 만들어지며 더 다양한 생물들이, 더 거대한 몸집을 가진 생물들이 뭍에서 번성할 수 있었다. 지구 생태계가 지금의 모습을 가진 것은 식물이 왁스 껍데기를 만들어낸 덕분이다.

연구를 하는 동안 〈껍데기는 가라〉는 시에 대한 감상이 달라진 까닭이 여기에 있다. 특히나 우리 연구실의 연구 주제들이 저런 껍데기를 만드는 데에 중요한 역할을 하는 유전자들이었다. 왁스 보호막 껍데기, 씨 발아를 조절하는 씨 껍데기, 식물이 고자가 되는 것을 막는 꽃가루 껍데기 등의 연구가 이뤄졌다. 애기장대라는 식물의 표면은 눈으로 보면 매끈해 보이지만 현미경으로 보면 무수한 왁스 결정으로 둘러싸여 있다. 이 견고한 껍데기는 식물 내부의 수분이 건조한 대기로 빠져나가지 않게 막아준다. 더러는 벌레나 세균이 갉아먹거나 침입하는 것을 막기도 한다. 하는 일도, 그 중요성도, 사람의 껍데기와 그 기능이

별반 다르지 않다는 사실이 새삼 신기했다.

식물의 껍데기는 보호막 역할만 하는 것이 아니다. 찰떡을 빚을 때 우리는 손에 참기름을 바르거나 덧가루를 듬뿍 묻힌다. 참기름이나 덧가루가 없으면 떡들이 서로 들러붙고 뭉쳐서 망가지기 때문이다. 식물도 비슷하다. 표면의 왁스 큐티클 껍데기를 못 만드는 돌연변이 식물이 있다. 이들은 자라나면서 잎과 줄기, 꽃이 제대로 분리되지 않고 한데 들러붙어서 뭉친 꼴로 자란다. 엉겨 붙은 찰떡과 같은 모양이다. 보기에만 문제가 아니라 당연히 기능적인 문제도 가진다.

이렇듯 자연계에서 껍데기가 중요한 기능을 하는 예시는 아주 쉽게 찾을 수 있다. 이것만으로도 책을 한 권은 족히 쓸 수 있다. 그런데 왜 우리의 인식 속에서 껍데기는 그저 알맹이를 싸고 있는 포장, 심지어는 본질을 가리고 호도하는 부정한 것 정도로 치부되는 걸까. 나는 이것이 우리가 비판적 사고 없이 고

정관념을 수동적으로 학습한 결과가 아닐까 싶다. 일상의 언어는 우리의 사고를 제한한다. '외면보다 내면이 중요하다'거나 '내면의 아름다움'과 같은 말들은 본디 겉모습에 속아 더 중요한 것을 놓치지 말자는 좋은 의미로 사용되었다. 하지만 우리가 이런 말들을 상투적으로 사용하게 되면서 또다시 사고 범위가 좁아져 외면의 중요성을 간과하게 된 건 아닐까. 껍데기든 알맹이든, 무엇이 더 중요하냐는 질문에 모든 상황에서 참이 되는 정답이란 없다. 가치를 판단하고자 할 때는 습관처럼 사용하는 언어 표현이 내리는 정의보다 다양한 요소들을 고려한 합리적인 사고가 필요한 법이다.

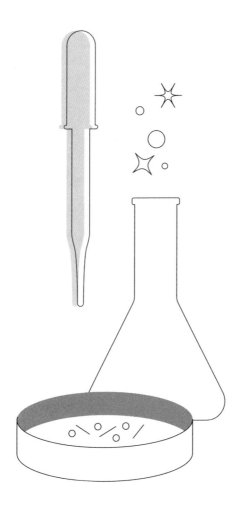

07

전업주부 유전자

✦ ✳ ✩

나의 경험에 의하면, 사람의 마음이 무너질 때 크게
두 가지의 조짐이 나타난다. 우선, 생존과 직결되는
본능적인 욕구가 제대로 조절되지 않는다. 폭식을 하
거나, 식욕을 완전히 잃거나, 하루 종일 잠을 자거나,
끝도 없는 불면에 시달린다. 그리고 자기 자신과 주
변을 방치한다. 사회고발 프로그램에는 종종 언제 씻
었는지 알 수 없는 사람이 쓰레기와 오물이 산더미처
럼 쌓인 집에서 사는 장면이 나온다. 내 상태가 가장
좋지 않았을 때를 돌이켜 보면 비슷했다. 마음이 어
느 정도 회복하기 시작하면 나는 가장 먼저 청소를
했다. 쌓여있던 배달 음식 용기를 버리고, 밀린 설거
지를 했다. 청소기를 돌리고 방을 닦았다. 환기를 하
고 이불을 빨았다. 그 후로 나는 주변을 잘 정돈하는
것, 다시 말해 꼼꼼히 살림을 챙기는 성실함은 무엇
보다도 건실한 정신적 활동이 뒷받침되어야 한다는

것을 알게 되었다.

이런 사실을 잘 알고 있기에, 나의 장래 희망은 가정주부다. 나는, 반드시 언젠가는, 이 모든 외부 활동을 접고 칩거하며 내 살림을 꾸리는 일에만 몰두하고 싶다. 그런데 이 꿈을 주변에 말하면 꼭 기분 상할 일이 생긴다. 대체적인 반응은 이렇다. "네가 무슨 전업주부냐. 몇 달 놀다가 지겨워서 관둔다고 난리 칠 거다. 노는 건 뭐 아무나 하는 줄 아냐. 너처럼 바깥일 하던 사람은 집에서 못 놀아." 나는 그 말에 동의할 수 없다. 살림을 꾸리는 것이 집에서 노는 일인가. 이들은 살림에 대해 철저히 오해하고 있지만 나는 반박을 관뒀다. 남들에게 내 꿈을 이해시키기 위해 군이 긴 대화까지 하고 싶지는 않았다. 뭐 그렇게 생각할 수도 있는 거지.

살림이 이토록 평가절하된 까닭은 아마도 이것이 해도 티가 나지 않는 일이기 때문이 아닐까. 살림의 결과물에 대해 객관적이며 정량적인 평가가 가능해진다면 온당한 가치가 매겨질지도 모른다. 자취를 시작하고 나면, 우리는 모두 깨닫게 된다. 내가 당연하게 누렸던 것들이 실은 매일 종종거리며 자잘한 집안일들을 해내 온 누군가 덕분이었다는 것을. 티가 나지 않아도, 그 가치가 평가절하되어도 엄마는, 주부들은 매일 성실하게 살림을 꾸린다. 그들의 노고 덕분에 집은 건물이 아닌 안식처가 될 수 있다. 하지만 사회적인 인식이 저런 탓에 주부들조차 스스로를 하찮은 일을 하는 사람이라고 생각하게 될 때가 있어 안타깝다. 당장 일주일만 사라져 보라지.

'하우스키핑 유전자Housekeeping gene'라는 것이 있다. 전업주부 유전자다. 살림살이를 노느라 지겨운 일로 치부하는 인식으로는 이것도 그만큼 하찮은 유전자인가 하겠지만, 정반대다. 하우스키핑 유전자는 세포의 존망과 직결된 근본적이며 필수적인 기능의 유지에 필요한 유전자들을 일컫는다. 이들은 환경이나 조건에 크게 동요하지 않는다. 언제나 늘 동일한 수준의 발현을 유지하고 있다. 덕분에 아주 중요한 연구에 필수적인 요소가 되었다. 바로 PCR이다.

인류사에 길이 남을 끔찍한 역병으로 인해 분자
생물학을 전공하지 않은 사람도 PCR을 알게 되었다.
정확한 원리는 몰라도, PCR로 뭔가를 확인할 수 있
다는 건 안다. PCR은 Polymerase Chain Reaction
의 약자로 우리말로는 중합효소 연쇄반응이라고 한
다. 이름을 듣고 나면 더 혼란스럽다. 많은 과학 용어
들은 번역 과정에서 영어보다 더 어려운 한글 이름이
붙여졌다. 나는 이것도 대중과 과학 사이에 장벽을
쌓는 데에 일조했다고 본다. 아무튼 단순하게 말하
면 PCR은 유전자의 양을 뻥튀기하는 실험 기술이다.
과학수사에서 자주 쓰인다. 범행 현장에 남은 작은
혈흔이나 머리카락 한 올에서 DNA를 검출해서 범인
을 검거했다는 얘기를 자주 듣는다. 작은 혈흔, 거기
에 남겨진 극도로 적은 양의 DNA, 그걸로는 사실 아
무것도 할 수 없다. 그 적은 양의 DNA를 PCR로 수
사관이 확인할 수 있는 정도의 양으로 늘릴 수 있기
때문에 조사가 가능하다.

PCR은 단순히 DNA를 복사해서 양을 늘리는 것 뿐만 아니라, 그 양을 측정하거나 비교하는 데에도 쓰인다. 측정과 비교에는 반드시 기준이 필요하다. 많고 적음은 상대적인 개념이기 때문이다. 바로 여기에 하우스키핑 유전자가 사용된다. 세포 안에서 언제나 일정하게 발현을 유지하는 하우스키핑 유전자가 기준이 되어주는 덕분에 우리는 실험 결과를 신뢰할 수 있게 되고, PCR을 통해 범인을 잡아 피해자의 원한을 풀어주고, 대참사의 현장에서 피해자의 신원을 파악하여 가족에게 돌려보내 주고, 조기에 병을 발견하여 대응할 수 있다.

정말 열심히 살았는데, 집단 속에서 나는 아무것도 아닌 존재로 여겨지는 순간들이 있었다. 과학 커뮤니케이터로서 활동을 하는 최근 몇 년간 내가 그랬다. 엄청난 경력, 실력, 언변, 좌중을 휘어잡는 카리스마를 가진 나의 동료들이 있는 곳은 스포트라이트를 받는 무대 위였다. 나의 자리는 무대 뒤였다. 기획을 하고, 글을 쓰는 것은 내가 가장 좋아하고 잘하는 일이었다. 나름의 자부심도 있었다. 그럼에도 불구하고, 한 번씩 무대 위의 주인공은 결코 될 수 없다는 사실이 훅 꽂힐 때가 있었다. 어떤 행사나 프로그램에 함께 참여했는데 홍보물이나 보도자료에서 내 이름이나 사진만 빠져있을 때는 별수 없이 기운도 같이 빠졌다. 그러면 내가 하는 모든 일이 하찮고 별 의미가 없게 느껴졌다. 좋든 싫든 과학 커뮤니케이션은 대중을 상대하는 일이고, 그 성공 여부는 수치화된 유명세로 판단되곤 했다. 그리고 그 기준에서 나는 역시나 또 아무것도 아닌 과학 커뮤니케이터였다. 이로 인해 나는 과학 커뮤니케이션을 관둬야 할지에 대해 몇 년을 고민했다.

최근, 역병으로 인해 너도나도 PCR 했냐고 묻고 다니던 어느 날, 나는 한동안 잊고 지냈던 하우스키핑 유전자를 생각해냈다. 이어서 살림과 주부에 대한 세간의 평가와 나의 평가가 제법 다름이 떠올랐다. 과학 커뮤니케이터로서 나의 포지션이 가정주부와 비슷하다는 생각이 들었다. 누군가에게는 집이 또 다른 직장일 수 있고, 누군가에게는 안식처가 될 수 있다. 하루 종일 밖에서 치이고, 출퇴근 지하철에서 탈탈 털리고 도착한 집. 아침 출근의 흔적은 말끔히 치워져 있고, 소박하게 차려진 따뜻한 저녁밥 한 끼를 먹으며 우리는 내일 또 지옥철을 타고, 그 끔찍한 출근을 할 힘을 얻는다. 가족이라는 팀 안에서 주부의 역할은 힐러가 아닐까.

쇼맨만으로 완성되는 쇼는 없다. 펠레는 축구는 스타가 아닌 팀이 하는 것이라고 했고, 기실, 유능한 팀은 언제나 다양한 포지션의 플레이어들로 이루어진 법이다. 겉으로 드러나지 않는, 그래서 아무도 몰라주는 것 같은 일도 어느 시스템 안에서는 누군가 그 시스템이 원활히 작동하도록 하는 '키퍼' 역할을 하고 있다.

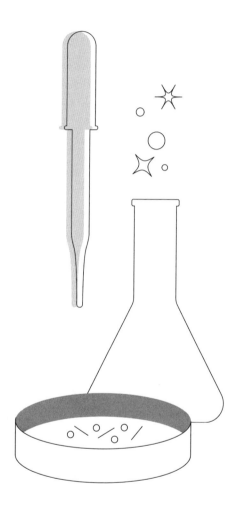

08

사람이 없는 공상과학

✫ ✳ ✩

어릴 때는 교내 백일장에서 이따금 상을 타곤 했다. 원고지 칸을 세어가며 글을 쓰는 것을 좋아했다. 가장 좋아했던 건 수필이다. 예나 지금이나 사람 사는 얘기가 제일 재미있다. 그 밖의 주제에는 크게 관심이 없었다. 특히 독후감과 미래 상상 글짓기는 싫어하는 편에 속했다. 독후감이 싫었던 건 책을 읽고 느낀 바야 한 문단이면 충분히 쓰는데, 그걸 억지로 원고지 몇 장으로 늘려 적도록 시키는 것이 납득이 되지 않아서였다. 미래 상상 글짓기도 천지 쓸데없는 짓이었다. 일단 나는 미래의 모습에 관심이 없었고, 무엇보다도 매번 상을 받았다는 글들이 다 비슷비슷했기 때문에 읽을 맛도 나지 않았다. 대부분 수업 시간에 배웠던 미래의 모습들에서 크게 벗어나지 않았다. 하늘을 나는 자동차, 얼굴을 보는 전화, 우주여행, 포마토, 로봇 가정부, 해저 도시, 시간 여행…… 뭐 그런 것들. 돌이켜 보면 내가 초등학생한테 뭘 그리 대단한 걸 바랐나 싶기도 하지만, 일반적으로 일생에서 가장 자유롭게 사고할 수 있는 시기의 막바지가 그때라는 걸 생각하면 상상조차 배운 대로 표현했던 우리가 안타깝기도 하다.

그 시절 우리가 상상했던 미래의 대부분은 현실이 되었다. 심지어 2016년에 첫 번째 과학 강연에서 "아직 유일하게 이루어지지 않았다."라고 했던 우주여행마저 이제는 현실로 목전에 다가왔다. 그런데 개발이 되었음에도 일상에 녹아들지 못한 기술이 있다. 바로 '한 알만 먹어도 배가 부른 알약'이다. 얼굴을 보며 통화하는 화상 전화, 드론, 자율주행 자동차, AI 비서, 심지어는 로봇까지 우리의 일상에 자연스레 녹아들고 있는데, 고작 포만감을 조절하는 알약만은 우리의 삶 밖에 존재한다. 나는 이것이 흥미로웠다.

개발이 완료되어 시판 중이지만 여전히 우리의

일상에 스며들지 못하는 과거의 상상은 다른 상상들과 어떤 차이가 있는 걸까. 암페타민 계통의 향정신성 식욕억제제, 디에타민은 한 알만 먹어도 허기를 느끼지 않게 해준다. 하지만 사람들은 어지간해서는 이 약을 찾지 않는다. 이런 약이 있는지도 모르고 산다. 의사의 처방과 가이드하에 치료의 목적으로 신중하게 먹는 사람들과 심각한 문제가 있는 경로로 구해서 몸을 망쳐가는 사람들, 소수만이 이용하고 있다. 약의 오남용으로 인한 심각한 부작용에 대한 염려가 이것이 다른 기술들처럼 우리의 일상에 널리 퍼지지 못하는 이유일 거라고 말하는 사람도 있었지만 나는 부작용이 아예 없는 약이 개발되어도 상황은 다르지 않을 거라고 생각한다. 과거 우리가 상상했던 '한 알만 먹으면 배가 고프지 않은 알약'에는 가장 중요한 '사람'이 빠져있다.

'배부른 알약'의 상상에는 인간의 가장 원초적인 욕구인 식욕만이 반영되어 있다. 그보다 더 큰 욕망인 미식의 추구는 빠져있다. 사전적인 정의로만 보면

'먹는다'는 행위는 생존과 직결된 본능적인 행동일 뿐이지만 현대 사회에서 우리가 먹는 까닭은 그게 아니다. 미식에 대한 인간의 집착은 어마어마하다. 나는 복어를 먹을 때마다 도대체 과거의 인간들이 무슨 생각으로 이 물고기에 도전한 걸까 싶다. 먹고 안 죽기가 어려운 그 생선으로 갖가지의 조리법을 만들어낸 것은 광기다. 영양적인 균형이나 포만감을 기준으로 식사를 조절하는 사람은 기인이자 현자다. 배가 터져서 죽을 것 같다면서도 젓가락을 놓지 않고 꾸역꾸역 먹다가 배가 찢어지는 고통에 자리에서 구르고, 매년 한두 차례 위경련이 도져도 위내시경을 해가면서도 엽기 떡볶이와 국물 닭발 매운맛 3단계를 먹어야 하는 나 같은 인간이 평범에 가깝다. 미식에는 단순히 미뢰로 느끼는 맛만 포함되는 것이 아니다. 청각과 후각을 비롯해서, 이로 씹고, 혀로 으깨고, 목구멍으로 넘기며 느끼는 모든 구강 내의 감각들이 미식적 탐욕을 충족한다. '배부른 알약'은 식욕을 거세해서 미식을 즐길 때의 기쁨마저 느끼지 못하게 한다. 인간이 그런 걸 반길 리가 없다.

사람들의 욕망을 반영한 진짜 미래의 식량이라는 건 동물의 생존권과 환경오염, 그리고 알레르기 등의 문제에서 인간을 자유롭게 해줄 대체 식량이 아닐까 싶다. 이 경우에도 성공적인 상업화를 위해서 가장 중요한 것은 역시 맛이다. 실제로 대체육 분야의 선도 기업인 임파서블 푸즈에서 '피 흘리는 콩고기'를 만든 까닭도 우리가 고기를 먹으며 육즙의 맛이라고 느낀 것이 헴 단백질 때문이었기 때문이다. 콩고기에 헴 단백질을 넣으면 진짜 고기와 비슷하게 빨갛게 핏물이 맺히는 것처럼 보인다.

기술이 제아무리 발달하고 천지가 개벽한다고 한들, 인간은 인간이다. 우리는 오감으로 세상을 느낀다. 겨울을 지나 봄의 초입에 마른 가지에 움튼 초록의 봉오리를 보면 반갑고, 한여름의 녹음에 살아있음을 느낀다. 추운 겨울, 손바닥에 내리쬐는 한낮의 햇살이 따사로워서 고맙다. 콧구멍이 아린 겨울 찬 공기의 냄새, 뺨에 닿자마자 녹아내리는 눈송이의 촉감, 종아리를 감아 흐르는 간지럽고 차가운 계곡물,

흩날리다 손바닥에 내려앉은 벚꽃잎의 보드라움, 비 온 뒤의 척척한 흙냄새, 등을 쓸어주는 엄마의 손길, 따뜻하고 보드라운 강아지의 곱실거리는 털을 느끼지 않고 우리가 어떻게 인간답게 살 수 있을까. 과학도 사람이 하는 거다. 사람이 없는 공상과학은 누구도 원하지 않아 무용하다.

09

인종은 없다

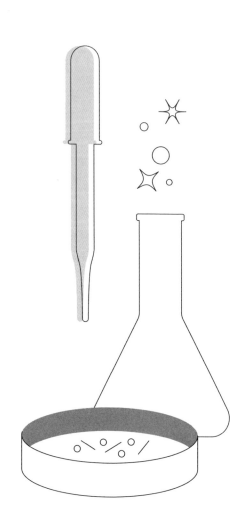

✦ ✳ ✢

화장품 업계에서 마케팅을 하면서 나는 매일 같이 피부의 구조를 그린 모식도를 들여다보았다. 그리고 그 안에서 일어나는 일들에 대해서 그래프를 그리거나, 마케팅용 스토리를 만들기도 했다. 스토리텔링은 내 특기였다. 실제로 내가 만든 마케팅 스토리를 그대로 적용해서 고객사에서 출시한 제품들이 여럿 있다. 그래서 빌 브라이슨의 《바디》의 첫 장을 읽었을 때 충격이 컸다.

《바디》의 첫 장에는 피부 이야기가 나온다. 내가 스스로의 무신경함에 경악하게 만들었던 부분은 표피에 대한 내용이다. 아무래도 화장품 회사에서 일을 하다 보니 피부의 기능적인 부분에만 집중을 해서 눈이 멀었던 것 같다. 나는 누구보다도 표피가 중요하다고 말을 하고 다녔지만, 그것은 오로지 피부 장

벽으로서의 기능에 대한 이야기였다. 고작 0.1밀리미터밖에 되지 않는 이 얇은 피부가 우리를 세상과 완벽하게 분리하고 지켜주고 있다는 사실의 놀라움만을 강조하곤 했다. 빌 브라이슨은 표피를 말하며 인종 차별의 화두를 꺼냈다. 세상에. 왜 그 생각을 못했지.

피부과에 점을 빼러 간 적이 있다. 나는 턱에 왕점이 하나 있었는데 나름 콤플렉스였다. 의사와 상담을 하며, 얼굴에 있던 점을 모조리 다 빼기로 했다. 점의 개수를 세는데 어떤 점은 선생님이 카운트를 하지 않고 넘어갔다. 그것도 빼고 싶다고 하니 이것은 점이 아니며 뺄 수 없다고 했다. 연하고 작은 점이 크고 진한 점보다 더 빼기 쉬울 것이라고 얼핏 생각했는데 그게 아니었다. 진하고 또렷한 점은 피부 표면에 고스란히 드러나 있기에 그런 것이고, 내가 작고 연하다고 생각한 것은 색소가 연하기 때문이 아니라 점이 상대적으로 피부 깊은 곳에 숨어 있기 때문에 그렇게 보이는 거라고 했다. 그래서 그 점을 빼기 위해서는 다

른 종류의 레이저로 다른 종류의 시술을 해야 한다
고 했다.

점이든, 기미든, 주근깨든, 까만 피부든 모두 원인
은 하나다. 멜라닌 색소. 멜라닌 색소는 피부의 표피
층에서 만들어진다. 표피와 진피의 경계, 표피 가장
깊은 곳에서 만들어져서 세포의 이동에 따라 표면으
로 올라온다. 내가 옅은 점이라고 생각했던 것은 갓
만들어져서 표피 아래층에 있었던 색소였다. 중요한
사실은 우리가 보는 피부의 멜라닌 색소는 모두 표피
층에만 존재한다는 사실이다. 즉, 이 0.1밀리미터의
얇은 막으로 모든 인간의 피부색이 결정된다. 견고한
인종의 구분은 사실 0.1밀리미터의 얇은 막으로 이
루어지고 있었다.

인종은 과학의 개념이 아니다. 인간이 식민 지배
와 차별, 학대에 타당성을 부여하기 위해 억지로 만
들어낸 개념이다. 우리 몸의 1차 방어 기관이자 면
역 기관인 피부, 그중에서도 최외각 방어선인 표피가

방어벽이 아닌 또 다른 벽으로 이용되었다는 사실은 쓸쓸하다. 인종 차별의 역사는 인류의 역사에 비하면 대단히 짧지만 그 파급력은 어마어마했다. 아직까지 그 징그러운 숨이 붙어 망령처럼 세상을 떠돌고 있으니 말이다. 식민 지배를 정당화하기 위해 만들어낸 인종에 따른 인간의 우열의 차이에 대한 천박한 인식은 식민지 시대가 끝난 지 한참이 지난 아직까지도 사회에 영향을 미치고 있다.

피부색에 따라 인간에 등급을 매겨 한쪽이 다른 한쪽을 학대하고 착취하도록 멜라닌 세포가 색소를 만들어서 피부를 덮는 것이 아니다. 육상 생물로 살며, 지구에 도달하는 태양 자외선의 파괴력으로부터 세포를 보호하기 위해서 생긴 것이 멜라닌 색소다. 실제로 새하얀 피부는 까만 피부에 비해 자외선으로 인한 손상에 취약하다. 피부암 발병률도 높거니와 노화도 상당히 빨리 진행된다. 그렇다면 흑인은 우월하며, 백인은 열등하다고 말해야 하는가.

현생 인류는 모두가 같은 종이다. 호모 사피엔스. 아프리칸의 장기를 코카시안에게 이식할 수 있고, 아시안의 피를 오세아니안 원주민에게 수혈할 수 있다. 우리는 과학적으로 모두 같은 종이다. 애당초, 진짜로 종이 다르다고 한들, 그것이 상대를 배척하거나 열등한 존재로 여겨 천대할 타당한 근거는 되지 않는다. 최초의 흑인 여성 노벨문학상 수상자인 토니 모리슨은 말했다. "인종이라는 것은 없다. 다만 인종주의라는 사회적 개념만이 있을 뿐이다.There's no such thing as race. Racism is a construct. A social construct."

비단 인종 차별뿐만 아니라, 소수에 대한 차별과 탄압은 인간의 본능인 양 절대 사라지지 않는다. 단순하게 "인종을 구분하는 것은 나빠."라는 데에서 생각이 그치면 안 된다. 이러한 일차원적 사고는 또 다른 부작용을 낳는다. 당연한 것들을 당연하다 말하는 사람에게 '차별주의자'라는 프레임이 씌워진다. 인종 간의 유전적인 차이는 분명 존재한다. 당장 피부색과 얼굴 생김이 다르고, 평균 신장처럼 여타 신체적인 특징에 있어 통계적으로 유의미한 차이가 있다. 여기서 중요한 것은 그 차이가 인간의 존엄이나 가치, 우와 열, 지배와 복종과 유관한가를 묻는다면 절대 그렇지 않다는 거다. 평균 지능이나 평균 체격의 차이는 실재한다. 다만, 지적으로 우등하면 지배할 수 있는가. 육체적으로 우월하면 지배할 수 있는가. 언제고 인종이 아닌 또 다른 소수집단을 만들어 같은 과오를 반복할 것이 뻔한 인간의 타고난 특성을 경계하기 위해 우리는 스스로에게 보다 정확한 질문을 해야만 한다.

우리는 인간이 이성적이고 합리적인 존재라고 생각하지만 착각이다. 심리학의 휴리스틱 이론에 의하면 인간은 뭔가를 판단하거나 의사를 결정하는 데에 합리나 이성보다는 얄팍한 경험이나 오며 가며 주위들은 풍문 따위에 더 큰 영향을 받는다는 거다. 이얄팍한 직관에 근거한 의사결정으로 내집단과 외집단을 나눈다. 비극은 여기서 시작된다. 합리적이고 옳은 결정이라고 착각하고 있기에 외집단을 차별하는 데에 죄책감이나 의심이 없다. 나는 '옳은' 선택을 했으므로. 다수의 선택에 속하면 그렇게 믿기가 더욱 쉬워진다. 그리고 다수에 속한다는 사실은 죄책감을 희석한다. 인간이 정한 규범은 정답이 아니다.

2000년대 초반에 방영되었던 드라마 〈인어아가씨〉에서 여자 주인공이 키우던 개가 죽자 우는 딸을 달래려 주인공의 엄마가 이런 말을 한다. "엄마가 더 비싼 걸로 사줄게." 드라마가 방영되던 당시에는 아무 문제가 없는 대사였다. 하지만 지금 그랬으면 난리가 났을 거다.

사회를 안전하고 평화롭게 유지하는 규범들도 있지만 개중에는 썩은 사과 같은 규범들이 멀쩡한 척 섞여 있다. 그런데, 그 시대에 속해서 살아가는 동안에는 그것에 대해 객관적이고 비판적인 시각을 견지하기가 쉽지 않다. 부지불식간에 차별주의자가 되지 않기 위해, 우리는 스스로를 경계하며, 나와는 다른, 이해가 되지 않는 이상한 사람이라고 해서 무시하거나,

비난하거나, 상처를 주는 일은 결코 해서는 안 된다는 사실을 늘 염두에 둬야 한다. 정 어려우면 남들이 들었을 때 상처를 받을 말은 그냥 하지 않으면 된다.

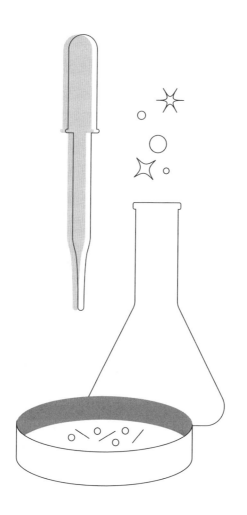

10

가장 가깝기 위한 거리두기

✵ ✳ ✵

스폰지밥보다 더 월요일을 좋아하는 것 같은 사람이
하나 있었다. 굳이 포장하면 사교적이었고, 솔직히
말하면 눈치 없고 무례할 정도로 오지랖이 넓었다.
주말 내내 월요일에 회사에 와서 할 말을 준비하는
것 같았다. 그는 모든 사람들과 친해지고 싶어했다.
몇 달간 이런저런 시도를 하는 것 같더니, 기어이 부
서 여직원들을 대부분 포함한 무리의 대장이 되었다.
나는 회사에서 사적인 관계를 만드는 것이 불편했다.
그런 내가 그녀에게는 정복해야 할 어떤 대상으로 보
였던 모양이다. 회유를 하기도 하고, 따돌리기도 했
지만 아무래도 상관없었다. 그저 성가셨다. 그러던
어느 날, 혼자 조용히 점심을 먹고 있는데 그녀가 대
뜸 합석을 했다. 그러고는 묻지도 않은 자기 이야기를
하기 시작하는데, 지극한 개인사를 듣고 있기가 굉장
히 불편했다. 거기서라도 멈췄다면 좋았을 텐데, 이

야기의 말미에 그녀는 내게 조언을 한답시고 선을 세게 넘었다. 나는 그 자리에서 화를 내는 대신, 그 뒤로 그녀와는 업무 외적인 그 어떤 접촉도 하지 않았다. 아직도 그때 그녀가 왜 그랬는지 이해가 되지 않지만 한 가지는 확실하다. 원하지 않는 사람에게 가까워지겠다고 들이대다가 선을 넘으면 영원히 아웃이다.

난 대부분의 전공 수업들을 정말 좋아했는데, 딱 한 과목은 끝까지 받아들일 수 없었다. 유기화학이다. 내가 원자도 아니고 전자도 아닌데 결합이 어떻게 이어지는지 어떻게 아냐고. 대학원에 들어가서 실험 설계를 하며 보니 꼭 공부해야 하는 과목이 맞기는 했는데, 아무튼 그때는 정말 끔찍했다. 그런데 그토록 정떨어지던 과목에도 흥미로운 개념이 딱 하나는 있었다. 분자 간 결합의 종류들과 결합 거리, 그리고 결합에너지의 개념이었다.

혼자는 외롭다. 그래서 사람들은 어떻게든 관계

를 맺으며 크고 작은 집단을 형성한다. 이와 비슷하게 원자들도 대부분 다른 원자들과 결합해서 물질을 구성하는 어떤 형태로 존재한다. 아주아주 단순하게 보면 원자는 양전하를 띄는 중심핵과 음전하를 띄는 외곽의 전자로 이루어져 있다. 음과 양이라는 반대되는 성격을 띠고 있기에 핵과 전자는 필연적으로 서로에게 반응한다. 핵과 전자는 서로를 끌어당기고, 전자와 전자, 핵과 핵은 서로를 밀어낸다. 입자들의 다양한 밀당을 통해 원자들이 서로 가까워지고 멀어지며 물질을 구성한다.

화학에서 "원자들이 서로 결합했다."라고 하는 것은 두 개의 서로 다른 원자가 더는 멀어지지도, 가까워지지도 않는 일정한 거리를 유지하는 상태를 말한다. 이때 두 개의 원자가 유지하고 있는 거리가 '결합 거리'다. 그리고 가장 안정적인 에너지의 상태, 즉 낮은 상태의 에너지를 '결합 에너지'라고 한다. 두 개의 원자가 각각 따로 존재할 때보다도 훨씬 더 에너지가 낮다. 화학에서 에너지가 낮은 상태는 안정적인 상태다. 즉, 혼자일 때보다 함께할 때 더 안정적일 수도 있다는 말이다.

두 개의 원자가 서로 아무런 영향을 주지 않을 정도로 아주 멀리 존재할 때의 에너지를 0으로 기준을 잡는다. 이때는 서로의 존재를 모른다. 그러다가 우연히 이들이 가까워지기 시작한다. 일반적으로 원자들은 외곽에 딱 알맞게 차는 전자의 개수가 정해져 있다. 그러나 특정 원자들을 제외하고는 대부분이 그 수를 채우지 못하거나 넘치는 상태로 존재한다. 따라서 원자는 양성이든, 음성이든 특유의 성질을 가진다. 우연히 서로 가까워진 두 원자의 빈틈과 넘치는 부분이 반응하기 시작하면 결합이 일어난다. 서로 점점 더 가까워지며 결합 에너지도 점점 낮아진다. 그러다가 가장 적절한 거리가 되면 가장 안정적인 상태인 '에너지가 가장 낮은' 상태가 된다. 이때는 전자들끼리 서로를 밀어내는 힘이나 핵과 전자가 서로를 당기는 힘 등이 골고루 작용하며 가장 안정적인 상태를 유지한다. 만약 여기서 둘을 억지로 더 가깝게 붙이면 어떻게 될까. 이때부터 서로의 핵에서 반발력이 작용하기 시작한다. 더 가까워지면 가까워질수록 핵의 반발력에 의해서 에너지의 상태가 급격히 높아진다. 대단히 불안정한 상태다. 출근길 9호선 급행 열차에 빽빽하게 들어찬 사람들처럼, 때가 되면 벗어날 생각밖에 없어진다.

나는 가장 안정적인 상태라는 것이 일정한 '거리'를 유지하는 상태라는 데에서 어떤 해방감을 느꼈던 것 같다. 인생에 단 한 번, 유기화학이 내게 기쁨을 준 순간이었다. 인간관계에서 경험한 많은 어려움들이 단번에 해소되었다. 그러니까 누군가와 한없이 가까워지려고 용을 쓰지 않아도 된다는 건가. 매일 만나서 자정까지 수다 떨다가 헤어져야 속이 시원한 절친한 친구도 있지만, 모든 사람과 그런 사이가 될 필요는 없다. 오가며 인사 한 번 하고 지나가는 사이가 가장 이상적인 관계도 있다. 모든 결합에는 가장 안정적인 결합 거리가 있으며 그건 인간관계에서도 마찬가지로 적용되는 원리였다.

시트콤 〈프렌즈〉의 주인공 모니카는 갖가지 강박이 있다. 일례로 타인이 자기를 싫어하는 상황을 견디지 못한다. 누가 자기에게 쌀쌀맞게 대하면 어떻게든 그 부정적인 인상을 돌려보고자 온갖 애를 쓴다. 물론 상황은 점점 더 악화되기만 한다. 시트콤에서는 유쾌하게 그려졌지만 애처롭기 짝이 없다. 나도 모니카와 비슷한 부분이 있었다. 내가 좋다는 사람보다 나를 언짢아하는 사람을 더 신경 썼다. 그 부정적인 인상을 돌이키고자, 그가 나를 인정하게 만들고자, 갖은 노력을 했다. 다 쓸데없는 짓이었다. 내가 그럴수록 그는 나를 더 만만하게 여기거나 성가셔했다. 그냥 태생적으로 성향이 맞지 않는 사람이 있다. 그런 사람은 내가 뭘 해도 곱게 보지 않는다. 가까워지려는 모든 시도가 다 밀어내는 행동일 뿐이다. 언젠가부터 그 사실을 깨달았고, 이제는 흰 눈을 뜨고 날 보는 사람이 있으면 서로가 편하도록 거리를 이만치 벌린다. 훨씬 편하고 뒤탈도 없다.

인간이 원자와 다른 점은, 동일하게 정의되는 결

합들이 다양한 결합 거리를 가진다는 사실이다. 수소와 산소의 결합이 가지는 가장 안정적인 결합의 형태와 결합 거리는 늘 동일하지만, 남자와 여자가 부부가 될 때의 결합 거리는 각각의 부부 쌍마다 완전히 다르다. "부부로 정의되는 관계라면 응당 이 정도의 거리가 옳다."가 아니라, 100쌍의 부부가 있으면 100개의 결합 거리가 존재한다. 이건 사실 모든 인간관계에 동일하게 적용된다. 이걸 알면 남의 일에 자신의 기준을 들이대는 것이 하등 불필요한 일이라는 걸 알 수 있는데, 애석하게도 가장 내밀한 부부의 관계에까지 또 선을 넘는 사람들이 있다. 안녕히 가세요.

우리는 인간관계의 결합 거리와 에너지를 잘못 가늠해서 멀리 둬야 할 인간을 곁에 두고자 쓸데없이 힘을 빼거나, 가까워야 할 사람을 밀어내거나, 가까워지려 들이댔다가 영원히 버림받고 만다. 애석하게도 여기에 적용되는 공식은 없다. 적당히 눈치와 경험으로 거리를 가늠할 뿐이다. 유기화학 교과서에는 분자 간 결합의 종류와 결합 거리에 이어서 그때의 에너지 등을 계산하기 위한 공식이 등장한다. 이때부터 나와 유기화학 교과서 사이의 거리가 급격히 멀어지기 시작했다. 1년 동안 유기화학을 들었지만 머릿속에 남은 것은 가장 안정적인 관계를 유지하기 위해서는 적절한 거리가 필요하다는 물리 화학적인 사실 하나뿐이다.

11

그들만의 축제

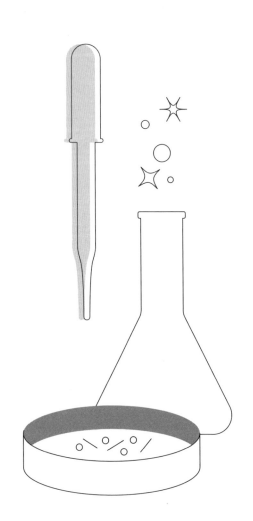

✦ ✸ ⭒

나는 아주 예민하다. 어딜 가든 그 집단 안에서 가장 예민한 사람이 나다. 30대가 되며 그 사실을 인지하기 전까지, 나는 인간관계에서 많은 트러블을 겪었다. 지금은 적당히 숨기거나, 주변에 솔직히 터놓고 상황을 조절하며 잘 지내려 애쓰고 있다. 하지만 여전히 쉽지 않다. 세상의 모든 오감을 자극하는 일들에 피로나 공포, 때론 통증마저 느낀다.

사회적인 이슈가 생길 때마다 나는 긴장 상태가 된다. 온갖 언론과 SNS에서 일제히 무언가를 보도하고 떠드는 데에서 극도의 피로를 느끼기 때문이다. 도무지 숨을 곳이 없다. 특히 그 소재가 좋은 일일 때, 되려 더 힘들다. 천인공노할 범죄나 비극적인 사건에 대해서는 불편함을 표하면 다들 쉽게 이해하고 언급을 멈추지만, 올림픽처럼 어떠한 좋은 소식에 불편함을 표현하는 순간, 내가 되려 주변을 불편하게 만드는 사람이 된다. 어딜 가든 다들 그 얘기를 하는데, 그 소재에 너무도 많이 노출이 된 나는 이미 너무 지쳤다. 최근에는 누리호가 나를 괴롭혔다. 특히나 나는 직접적으로 사안과 연계된 지인들이 많다 보니 더욱 노출도가 높았다. 그쯤 되니 또 혼자서 슬슬 부아가 치밀고 심술이 나기 시작한다. 로켓을 쏘든 말든, 인간이 우주를 가든 말든, 어쩌라고. 나는 당장 만원 지하철에 끼여서 모르는 사람들과 몸 여기저기를 부대끼며 1시간 반이 걸려 출퇴근해야 하는데, 저게 도대체 우리들의 일상에 무슨 감사할 일이라고 집 밖에만 나서면 그 소리를 들어야 하는 건지. 짜증이 나기 시작했다.

의외로 나와 비슷한 생각을 하는 사람들이 많이 있었다. 나처럼 심술궂은 정도는 아니었고, "당장 코앞의 먹고사는 일이 더욱 중요한데, 우주로 로켓을 쏘는 게 뭐 대단하다고 난리인지 모르겠다.", "저게 독거노인이나 청년 실업 같은 사회문제보다 더 크게 다뤄질 이유가 있나? 과학자들만의 업적일 뿐인데."
같은 의견들이었다. '그래, 과학자들 자기들만의 업적이지.' 하며 기사를 보는데 흥미로운 댓글이 하나 보였다. 우리가 일상에서 자주 사용하고, 매일 누리는 것들 중에, 나사가 우주선을 개발하는 과정에서 만들어낸 기술로 탄생한 것이 많다는 거다. 그 댓글에 불현듯 잊고 있던 기억 하나가 떠올랐다.

처음 상경하여 자취 생활을 시작할 때, '7평 자취방 인테리어'의 야망이 있었다. 세간을 고르는 모든 기준은 디자인이었다. 그리고 몇 달 후, 이 어리석은 선택의 업보를 나는 온몸으로 감당해야 했다. 책상도, 옷걸이도, 수납장도 다 괜찮았다. 문제는 침대였다. 상품 소개 화면 속 3면 프레임의 슈퍼싱글 침대는 '자취방 인테리어'에 그저 그만이었다. 가격이 싼 것도 아니었다. 그래서 매트리스는 가장 저렴한 옵션을 골랐다. 나름 큰 기업 제품이니 그래도 괜찮겠거니 했다.

침대가 도착한 첫날부터 나는 눈물 나게 후회했다. 도대체 그놈의 매트리스는, 마치 수백 개의 스프링 위에 종이 한 장을 깔고 잠을 자는 듯했다. 가만히 누워서 숨만 쉬어도, 몸이 움직이는 압력에 침대 스프링이 "팅- 팅-"하며 튀는 소리가 났다. 나는 손목시계의 초침 소리에도 잠들지 못한다. 나는 베개를 베지 않는데, 뒤통수를 통해서 그대로 전달되는 스프링 튕기는 소리는 정말 미칠 것 같았다. 몸도 굉장히 아팠다. 맨바닥에 자는 게 나을 지경이었다. 그렇게 몇 달을 버티다가 임시방편으로 토퍼를 하나 샀다. 이미 인테리어는 오간 데 없었다. 하지만 토퍼조차 별 도움이 되지 못했고, 나는 결국 백화점 침대 매장에 갔다.

그곳에는 눕자마자 온몸을 감싸 안아주는 듯, 말도 안 되게 편안한 매트리스가 있었다. 아주 유명한 브랜드였는데, 매장 점원이 이 회사의 매트리스는 나사에서 개발한 것이라고 했다. 세상에, 아무리 매출이 중요해도 그렇지, 약을 너무 많이 치신다고 생각하던 찰나, 해당 브랜드 베개의 커버에서 진짜 나사 마크를 발견했다. 집에 와서 찾아보니, 나사에서 만든 것은 당연히 아니고, 나사의 기술을 바탕으로 개발해서 나사 인증을 받은 상품이었다.

우주왕복선은 이륙을 할 때, 순간적으로 시속 2만에서 4만 킬로미터로 가속된다고 한다. 지구의 중력을 이겨내고 벗어나야 하기 때문이다. 이것은 총알보다 9배나 빠른 속도인데, 왕복선에 타고 있는 우주비행사들은 이 어마어마한 가속을 온몸으로 버텨내야 한다. 솔직히 어떤 느낌인지 감도 안 온다. 참고로 에버랜드의 T익스프레스가 고작 시속 104킬로미터다. 난 95년도에 만들어진 카멜백이라는 롤러코스터를 타고서 주마등을 봤다. 아무튼, 1960년대에 나사는 엄청난 가속에 부서지는 우주비행사의 몸을 보호하고자 외부의 충격을 흡수하는 특수 소재를 개발했다. 그것이 지금에 와서 침대나 베개, 심지어 구두 깔창에까지 들어가는 메모리폼이다.

외부의 충격을 흡수하며, 우주비행사의 몸의 굴곡에 맞도록 쉽게 변형되고, 압력이 사라지면 다시 형태가 복원되는 메모리폼은 점탄성이라는 특성 때문이다. 유체역학과 관련된 개념으로 간단히 말해 액체가 가지는 특성인 점성과 고체가 가지는 특성인 탄성을 둘 다 가지는 물질의 성질을 가졌다. 물은 액체지만, 물방울이 딱딱한 바닥에 떨어질 때는 마치 고체처럼 튀어 오르는 독특한 성질도 점탄성으로 설명이 된다. 결과적으로 나는 나사가 우주비행사를 위해 개발했던 기술 덕분에, 침대로 기어 들어갈 때마다 세상 근심이 사라지는 안락함을 누릴 수 있었다.

한동안 나는 공항에 갈 때마다 예민함이 극에 달했다. 해외 영업을 하는 동안 출장으로 비행기를 탈 일이 많았다. 그때는 공항에 가는 게 세상에서 제일 싫었다. 뜨거운 국에 덴 아이가 드레싱을 하러 병원에 갈 때마다 자지러진다는 친구의 말에, 공항 가는 내 심정이 그런가 싶었다. 집을 떠나 공항버스에 오르는 순간부터 온갖 소음을 견뎌야 했다. 여행을 떠나는 설렘으로 버스에서부터 왁자하게 떠드는 사람이 반드시 하나 이상은 있었다. 비행기는 더 끔찍했다. 나는 공항에 갈 때마다 우선 라운지에서 두둑이 배를 채웠다. 그리고 비행기에 타면 제일 먼저 화장실에 다녀오고, 방해금지 등을 켠 뒤, 마스크를 쓰고, 이어폰을 끼고, 후드를 뒤집어쓰고, 신발을 벗고 수면양말을 신고 담요로 몸을 싸고, 마지막으로 안대를 끼고 죽은 것처럼 웅크린 채로 잠만 잤다. 기내에서는 밥도, 물도 먹지 않았다. 동면에 들어간 짐승처럼 스스로를 파묻고 견뎠다.

기내 면세품 카탈로그에는 노이즈 캔슬링 헤드폰이라는 것이 있었다. 탐은 났지만 워낙 비싸서 엄두를 못 냈다. 그러다가 우연히 저렴한 노이즈 캔슬링 이어폰을 찾게 되었다. 지금은 대부분의 이어폰에 노이즈 캔슬링 기술이 적용되어 있지만 당시에는 고가의 제품이 아니면 찾기가 힘들었다. 6만 원 정도를 주고 속는 셈 치고 산 이어폰은 4년 동안 해외 출장의 고통을 비롯해서 출퇴근의 소음들로부터 나를 지켜줬다.

정확히는 액티브 노이즈 캔슬링이라고 하는 이 기술은 1950년대에 항공우주공학 분야의 선구자 격인 로렌스 제롬 포겔 박사가 처음으로 그 콘셉트를 제시했다. 우주선을 비롯해서 항공기나 전투기 비행사들은 어마어마한 소음에 시달렸다. 더 큰 문제는 임무를 안전하게 수행하기 위해서 통신이 원활히 이루어져야 했는데, 외부의 소음 때문에 이 또한 어려웠다. 비행사들의 청력을 보호하고 임무를 성공적으로 수행하기 위한 기술이 필요했다. 노이즈 캔슬링 기술은 그렇게 탄생했다. 1950년대에 처음 콘셉트가 제시된 이후, 미국 공군연구소를 비롯한 여러 연구팀에서 기술을 발전시켰다. 1986년 음향기기 기업 보스의 설립자인 아마르 보스 박사의 소음 감소 기술 그룹에서 개발한 액티브 노이즈 캔슬링 기술이 처음으로 공식적인 테스트에 성공했다. 실제로 국제 우주 정거장에서 일하는 우주인들의 사진을 찾다 보면 보스의 헤드폰을 쓰고 있는 걸 볼 수 있다.

실제로 적용되는 알고리즘은 어마어마하게 복잡

하지만, 액티브 노이즈 캔슬링의 원리 자체는 간단하다. 소리는 파장으로 전달된다. 따라서 그 파장을 상쇄할 수 있는 정확히 반대의 파장을 쏘아서 파장을 없애면 된다. 영화의 액션 장면에서 상대방이 오른 주먹을 날리면 주인공은 왼팔로 막고, 다시 왼 주먹을 날리면 오른팔로 막는 것과 비슷하다. 액티브 노이즈 캔슬링 이어폰에는 마이크가 달려있다. 이 마이크로 주변 소음을 감지하고 그 소음을 상쇄하는 파장을 쏘아서 소음을 없어지게 만든다. 실제로 써본 사람들은 다들 아는 사실이지만 이 기술은 완벽하지 않다. 항공기 엔진의 소음처럼 반복적이고 지속적이며 낮은 소음을 막는 데에는 탁월한 성능을 보이지만 다른 소리들은 차단 효과가 떨어진다. 생각해 보면, 임무 수행을 위한 통신 효율을 높이기 위해서 개발된 기술이기 때문에 사람의 음성까지 완벽하게 막아버리는 건 원래의 목적에 맞지 않는 게 아닐까 싶다. 그리고 어느 정도의 외부 소음이 들려야 헤드폰을 쓰고 있어도 덜 위험하다. 불완전한 기술이라기보다는 여러 가지 장단이 있는 기술이라고 생각한다.

타인보다 민감한 사람이 살기 어려운 세상이다. 세상은 불필요한 소음과 부적절한 접촉으로 가득 차 있다. 하지만 마냥 숨어 살 수는 없으니 결국은 그 속에 들어가서 고통을 견뎌야 한다. 그런 상황에서, 그것이 본래의 목적이 아니었더라도, 누군가 나를 보호할 수 있는 기술을 개발했다는 사실이 참 감사하다.

나는 여전히 우주로 로켓을 쏘아 올리는 일에는 감흥이 없다. 제임스웹이 초고해상도의 사진을 찍어 보내와서 우주의 기원에 한 발자국 다가섰다고 한들 내 알 바도 아니다. 하지만, 그 고결한 목표에 이르기 위해 쌓아 올린 계단의 벽돌 한 장, 한 장이 결국은 평범한 나의 일상에도 도움이 될 것임을 이제는 안다.

연구를 하며 깊은 고민에 빠졌던 적이 있다. 내가 지금 하는 짓이 사람들한테는 별 도움도 안 되는 연구를 한답시고 국민들의 소중한 세금을 써서는 결국 내 잇속이나 챙길 학위 하나 받겠다는 거 아닌가 하는. 그래서 더 대중 과학 소통에 관심을 가졌다. 사람들에게 뭐라도 보답을 해야 했으니까. 심지어 그 연구는 중간에 어떠한 사정으로 그럴싸한 저널에조차 실리지 못한 채 마감해야 했다. 얼마 전 나는, 두 번 다시는 보기 싫었지만, 그때의 내 논문을 다시 찾아보았다. 좌초되어 부서진 조각으로 표류할 줄 알았던 나의 연구가 다른 연구팀의 후속 연구로 이어져 좋은 결과가 나온 것을 보았다. 기분이 이상했다. 이렇게 여러 과학자들의 연구가 쌓이고 쌓이다 보면, 내 연구도 언젠가는 세상에 도움이 될 만한 기술로 진화하는 날이 올까. 그때가 되면 마음의 짐이 좀 덜어질 것 같다.

12

머리를 잘랐다

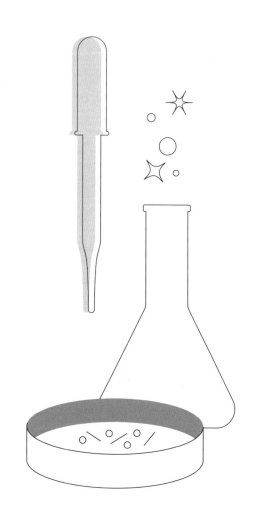

✳ ❋ ⋈

잘 가라는 인사도 없이 치러진 이별에 머리를 자르고
돌아오는 길에 눈물을 쏟고야 말았다는 노래가 있다.
이별을 비롯해서 인생의 어떤 사건 뒤에 사람들은 머
리카락을 자르곤 한다. 사실 머리카락은 자른다고 피
가 나는 것도 아니고 아프지도 않다. 조금 못생겨질
수도 있다는 사실 외에 별다른 위험 부담도 없다. 하
지만 우리는 유독 이 머리통에서 자라나는 털에 별스
럽게도 의미를 부여한다.

　나는 6년 동안 머리를 거의 자르지 않았다. 시작
은 돈이 아까워서였다. 내 벌이에 서울의 물가는 혹
독했다. 미용실에 아예 발길을 끊었다. 그런데 가슴
을 덮을 정도로 자란 머리 길이가 제법 마음에 들었
다. 남의 머리카락을 가지고 너무 길어 보기 싫으니
자르라고 시비를 거는 사람들이 여전히 있었지만 무

시했다. 나는 이 머리털에 의미를 부여하기 시작했다. 공교롭게도 포항을 떠난 뒤부터 머리를 기르기 시작한 셈이었기에 나는 이 머리털에 나의 새로운 인생의 기록이라는 의미를 부여했다. 머리를 밀리고 눈알이 뽑힌 전설적인 영웅, 삼손이 복수를 위해 와신상담했던 것처럼, 나 역시도 아무도 몰래 머리를 기르는 일을 거창하게 여겼다.

하지만 나는 삼손이 아니었다. 머리털이 자랄수록 힘이 세지는 삼손과 달리, 나는 내 신체적 노화를 이 머리털 때문에 뼈저리게 통감했다. 나는 물에 홀딱 젖는 걸 아주 좋아한다. 지금도 장맛비에 한 번씩 개처럼 뛰어다닌다. 하루 중에서 가장 만족감을 느끼는 때가 바로 샤워를 할 때다. 그날도 샤워를 하고 있었다. 머리를 감다가 숨이 차서 주저앉고 말았다. 나는 숱도 많은 머리를 허리까지 기르고 있었다. 그냥 있어도 무거운 이 털 뭉치는 물을 먹으면 더 무거워진다. 운동을 하지 않아 앙상한 팔로 두피 구석구석 거품을 비비다가 나는 지치고 말았다. 주저앉아서 숨을 몰아쉬면서 나는 현실을 받아들였다. 나는 우리 엄마와 같은 숏컷 파마머리로 가는 노화의 길목에 들어서고 있었다.

　머리를 자르러 가기 전날, 심란한 마음으로 머리털을 이리저리 둘러보며 이 머리에 쌓인 내 역사는 무엇일까 생각했다. 문득 이걸 단발로 자르면 몇 년의 시간이 잘려 나가는 건지가 궁금해졌다. 일단, 머리카락이 모낭에서 자라서 두피를 뚫고 나오기까지 벌써 두세 달이 걸린다. 그리고 평균적으로 1년에 약 10센티미터 정도가 자라므로, 허리까지 기른 내 머리카락은 6년에서 7년 정도를 내 몸에서 함께한 셈이었다. 두피에서 어깨까지의 길이인 최근의 2년 정도를 제외하면, 4년에서 5년이 잘려 나간다. 딱 포항을 떠난 직후부터의 시간이다. '아이씨, 그때부터는 좋은 기억이 더 많은데.' 갑자기 머리카락이 자르기 아까워졌다. 자리에 누워서 온갖 고민을 하다가 정신이 들었다. 추억은 뇌에 쌓이지 머리털에 쌓이는 게 아니다. 머리카락을 자르는 것이 직접적으로 기억에 영

향을 주지도 않는다. 머리를 자르는 것과 과거의 추억
은 아무 상관이 없다. 그렇게 허리까지 오던 나의 긴
생머리는 어깨 길이의 단발이 되었다.

그럼에도 불구하고, 분명 머리카락에는 지난 삶
의 흔적이 남는다. 마약을 했다면 마약의 흔적이, 중
금속에 노출이 되었다면 중금속이, 고통의 세월을 보
냈다면 흰머리가 남는다. 맘고생을 하면 흰머리가 는
다는 것은 뜬소문이 아니다. 극심한 스트레스로 하
루아침에 백발이 되었다던 유명인의 일화는 알려진
것이 제법 많다. 대표적인 인물이 마리 앙투아네트
다. 그녀가 단두대로 끌려가기 전날, 극도의 공포로
머리가 하루 만에 새하얗게 세어버렸다는 이야기는
유명하다. 여기서 스트레스로 인해 머리가 세는 현상
을 일컫는 '마리 앙투아네트 증후군'이라는 말이 생
겼다고 한다. 오랜 시간을 철없고, 무례하며, 멍청하
고, 사치스러운 왕비로 조롱당한 가여운 여인의 삶이
끝난 뒤에까지 끊임없이 인구에 회자되는 것은 못내
불편하다. 역사의 기록은 승자에 의해 편집된다. 죽

은 뒤에도 좀처럼 편안해지지 못하는 삶이 가엾다.

많은 시간이 흐른 뒤, "스트레스를 받으면 머리가 센다."라는 이야기를 실제로 연구한 사람들이 있다. 2020년 1월, 네이처지에 하버드 연구진은 교감신경계를 통한 노르아드레날린이라는 신경 물질의 분비가 일련의 과정을 통해 머리를 검게 만드는 멜라닌 줄기세포의 조기 분화를 유도해서 털을 하얗게 만들어 버린다는 사실을 보고했다. 이 연구를 위해 죄 없는 쥐들이 털이 하얗게 셀 만큼의 고통을 겪어야 했다.

여기서 주목할 점은 마약이든 중금속이든 염색이나 파마의 흔적이든 다른 흔적들은 머리를 자르면 바로 사라지지만, 스트레스로 인해 두피의 멜라닌 줄기세포를 잃은 것은 평생 회복되지 않는다는 사실이다. 수치스럽고 아픈 기억 따위가 머리를 자르면서 함께 사라지면 좋을 텐데, 꼭 이것만이 그렇게 남는다는 사실이 새삼 서글프다. 지금 하고 있는 중단발이 제법 잘 어울려서 계속 이 스타일을 유지할지, 아니면 다시 머리를 기르게 될지는 모르겠다. 만약 앞으로 머리를 기르게 된다면 앞으로 자랄 머리털에는 다시 의미를 부여하게 될 것 같다. 머리카락을 보고 있노라면 나의 모든 하루가 나도 모르는 사이에 반드시 어딘가에는 기록되고 있다는 생각에 무섭기도 하다. 어쩌면 우리가 진화의 과정에서 온몸의 털을 다 잃던 와중에도 머리털만은 남아있는 까닭이 그것이 아닐까 싶다. 이 털을 매일 보며, 하루라도 허투루 살지 말라는 경고.

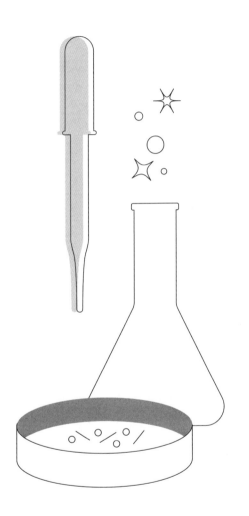

13

산 자에게 주어진 가장 중요한 선택권

☆ ☀ ☪

2010년에 나는 헨리에타 렉스라는 미국인 여성의 세
포를 이용해서 세포막 단백질 실험을 했다. 그런데
그녀는 이미 1951년에 자궁경부암으로 죽은 사람이
었다. 내가 이 글을 쓰고 있는 2022년 지금 이 순간
에도 지구 어딘가에서 그녀의 세포로 실험을 하고 있
는 사람이 분명 있을 거다. 우리는 사람이 죽은 것을
두고 "세상을 떠났다."라고 하는데, 한참 전에 죽은
그녀는 아직도 세상을 떠나지 못했다. 그녀는 세포로
남아 70년이 넘는 시간 동안 이승을 떠돌고 있다. 인
체 유래 조직에 대한 연구 윤리 문제의 대표적인 사
건이자 학계의 부끄러운 역사로 남은 헨리에타 렉스
의 이야기를 떠올릴 때마다, 나는 이승의 인간들이
따질 시시비비보다, 구천을 떠돌 그녀의 혼이 더 신경
쓰인다.

헨리에타 렉스가 몸에 이상을 느끼고 병원을 찾았던 당시에 존스홉킨스 병원에서는 인간 세포 배양 연구가 진행되고 있었다. '세포주$^{cell\ line}$'라는 것을 만들기 위해서다. 우리가 수명을 가지고 있듯, 세포들도 수명이 있다. 고작 수십 번의 분열 뒤에 죽는다. 그래서 세포가 필요할 때마다 생체에서 조직을 뜯어내서 세포를 분리해야 했다. 하지만 세포주로 만들면 딱 한 번의 분리로 계속해서 세포를 키워낼 수 있었다. 또한 모든 세포가 유전적으로 동일하므로, 언제, 어디서, 누가 연구한 것이든 비교가 가능하다. 당시, 동물 세포의 세포주를 만드는 데에는 성공했지만 인체 세포로는 아직 아무도 세포주를 만드는 데에 성공한 사람이 없었다. 존스홉킨스 병원의 조지 가이 박사도 이 연구를 하던 중이었다.

담배 농장에서 일하며 다섯 아이를 키우던 엄마, 헨리에타 랙스는 흑인이었다. 그녀가 존스홉킨스 병원을 찾은 것은 그녀가 사는 지역에서 흑인이 갈 수 있는 큰 병원이 거기뿐이었기 때문이다. 그곳에서 병의 진단 목적으로 채취한 그녀의 자궁경부 조직은 그녀도 모르는 사이에 조지 가이 박사의 연구실로 전달되었다. 엄청난 속도로 계속해서 증식하는 최초의 인간 세포주, HeLa 세포는 그렇게 발견되었다. HeLa라는 세포주의 이름은 헨리에타 랙스의 앞 글자를 두 개씩 따온 것인데, 그녀를 기리기 위한 목적이 아니라 그냥 연구실의 한 연구원이 세포주에 이름을 붙일 때 그런 방법을 써왔기 때문이었다. 나조차도 HeLa 세포로 실험하던 2010년에 그것이 사람의 이름일 것이라고는 상상도 못 했다. 조지 가이 박사가 티브이에 나가 HeLa 세포의 엄청난 증식력과 이를 이용한 연구가 인류 의학의 발전에 얼마나 기여할 수 있는지를 말하던 1951년 10월 4일에 헨리에타 랙스는 죽었다.

생명과학 분야의 논문에서 HeLa 세포를 찾기란 어렵지 않다. 당장 구글 논문 검색창에서 'HeLa cell line'을 검색하면 108만 개의 논문이 나온다. 가이 박사팀은 헨리에타 랙스의 세포를 필요로 하는 모든 곳에 보냈고, 연구자들은 누구의 몸에서 떼어낸 것인지도 모르는 세포를 열심히 받아썼다. 헨리에타 랙스가 죽은 지 고작 3년 만에 그녀의 세포를 이용해 소아마비 백신이 개발되었다. 2008년과 2009년, 두 개의 노벨생리의학상이 HeLa 세포 연구를 통해서 나왔다. 인간 염색체가 23쌍이라는 것도 HeLa 세포로부터 알게 된 것이고, 이로부터 염색체와 관련된 유전병의 연구가 이루어질 수 있었다.

이 참극인지 촌극인지 모를 환장할 사건은 2009년에 레베카 스클로트라는 전기작가가 헨리에타 랙스와 그 후손의 삶을 취재해서 《헨리에타 랙스의 불멸의 삶》이라는 책을 낸 뒤에 크게 이슈가 되었다. HeLa 세포 연구가 창출한 경제적 가치에 대한 소유권부터 시작해서 연구 윤리, 인종 차별, 유전정보의 사생활 침해 문제 등 다양한 주제들에 대해서 심도 있는 논의와 규제가 생기는 계기가 되었다. 2020년에는 헨리에타 랙스의 탄생 100주년을 기념한 추모 행사가 바이오 업계에서 잇따랐다. 이리 보니 촌극이다.

나는 이 사건을 연구 윤리나 인종 차별의 문제로 보지 않는다. 그 문제에 대해서는 이미 수많은 전문가들이 나섰고, 나까지 거들 필요도 없다. 내가 헨리에타 랙스에 대해서 무척이나 안타깝게 생각하는 건 그녀의 가장 존엄한 선택권이 침해되었다는 점이다. 탄생부터 죽음에 이르기까지, 그저 부모의 의지로 인해 세상에 내던져진 존재들인 우리에게 주어지는 아주 귀한 자유 권한이 있다. 철저히 타의로 시작되는 탄생과 달리, 삶을 어떻게 살아갈지, 그리고 무엇보다도 어떻게 마무리할지는 내가 정할 수 있다. 나는 이것이 생에 나에게 주어진 가장 귀한 선물이라고 생각한다. 헨리에타는 그 결정권을 빼앗겼다. 영원히 세상에 세포로 남아 수많은 목숨을 살린 숭고한 기여의 의미가 퇴색된 까닭은 그 일련의 과정에서 그녀의 결정권이 철저히 무시당했기 때문이다. 그녀는 가난한 흑인이었기에 살아서도 선택의 여지없이 존스홉킨스 병원에 가야만 했고, 또 그로 인해 죽어서도 이용당하는 입장이 되었다. 2010년의 나는 아무것도 몰랐다. 그래서 이렇게 마음에 빚이 남았다. '덕분에

많은 도움을 받았습니다. 고맙습니다.' 하고 명복을
빌어 줄밖에.

인간의 수명이 쓸데없이 길어진 탓에 우린 말년
에 갖은 병에 시달린다. 기실 노년에는 대부분이 시
한부 인생이다. 죽음이 제법 가까워졌음을 알게 된
사람들의 모습은 천태만상이었다. 어느 노인은 마지
막까지 죽음을 거부했다. 유언도 없이, 그는 끝까지
자신의 삶에 스스로 마침표를 찍는 것을 거부하고
세상을 떠났다. 시한부 선고를 받은 어떤 이는 그저
살아있음에만 매달렸다. 주어진 시간이 제법 길었지
만 남겨진 사람들을 위해 무언가를 하는 대신, 이런
저런 동종요법에 매달리며 시간을 썼다. 그리고 마지
막이 가까워서야 가족들에게 고마움과 미안함을 표
했다. 누군가는 최후의 순간까지 남을 원망하고 저주
했다. 누군가는 장기 기증을 준비했다. 《숨결이 바람
될 때》의 저자 폴 칼라니티처럼 책을 쓰고, 아이를
가지는 사람도 있다.

수많은 사람들이 헨리에타 랙스로부터 돈, 명예, 특허, 논문, 그리고 건강한 삶을 얻었다. 나는 그녀로부터 귀한 교훈을 얻었다. 거저 주어진 것 같아도, 선택할 수 있는 권리는 귀하다. 그래서 우리는 그 권리를 허투루 날려 먹지 않도록 애써야 한다. 세상에서 나의 존재가 사라지는 것이 두렵다는 건 스스로를 그만큼 소중하게 생각한다는 뜻이기도 하기에 긍정적이지만, 그럴수록 그저 살아있음에 집착하기보다 삶을 충실히 살도록 노력해야 한다. 무소불위의 권력을 가졌지만 불로장생에 미쳐 살았던 진시황에 대한 후대의 평가는 박하다. 진시황릉의 병마용갱을 보며 "이야, 위대하다."고 하는 사람은 별로 없다. "이야, 별짓을 다했네."는 해도.

얼마가 될지 모를 내 남은 삶을 어떻게 살아갈 것인가. 생의 마지막 순간에 편안한 마음으로 스스로 삶의 종지부를 찍을 것인가. 무의미한 집착으로 마무리하지 못한 채로 삶을 끝낼 것인가. 모든 것은 전적으로 나의 선택이다.

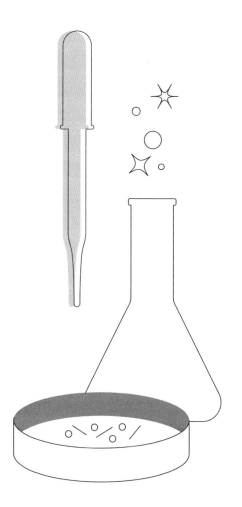

14

부처님과 클로닝

✫ ✵ ✫

유전자 조작이 사람에게 해가 된다는 막연한 공포가 팽배해있지만, 유전자 조작 기술이 수억 명의 목숨을 살렸다는 사실을 아는 사람은 거의 없다. 2017년을 기준으로, 전 세계 당뇨 환자는 4억 명을 넘었고, 우리나라의 당뇨 인구도 천만 명에 육박한다. 당뇨 환자에게 필요한 것은 인슐린이다. 인슐린은 유전자 조작 기술로 만든 최초의 의약품이다. 인슐린은 1920년대부터 당뇨병의 치료제로 사용되었는데 1982년, 휴뮬린이라는 인슐린 의약품이 상용화되기까지, 당뇨병 치료를 위한 인슐린은 도축된 가축의 췌장에서 추출하는 수밖에 없었다. 공급이 턱없이 부족했다. 허버트 보이어와 스탠리 코언이 재조합 DNA 기술이라고 불리는 유전자 조작 기술을 개발해 내며, 의약품 개발에 서광이 비쳤다. 이후 코언이 사람의 인슐린 유전자를 대장균에서 발현시키는 데에 성공하고,

이 대장균을 대량으로 키워서 인슐린을 추출하기 시작하면서, 안정적인 인슐린의 공급이 가능해졌다.

유전자를 원하는 대로 조작하는 재조합 DNA 기술은 클로닝이라는 이름으로도 불린다. 목적이나 방법이 조금씩 다르지만, 큰 틀은 모두 같으므로 이제부터는 연구실에서 가장 흔하게 쓰는 말인 '클로닝'으로 통칭하겠다. 클로닝은 생명과학의 역사상 가장 위대한 발견 중 하나다. 이 기술이 처음 발표된 뒤에 뉴스에서는 "인간이 신의 영역에 도전했다."라고 기사가 났다. 반대 시위도 벌어졌다. 클로닝 기술이면 우리는 어떠한 생명체든 조작하고, 만들 수 있다. 이론상으로는.

내가 있던 실험실에서 대학원생 곡소리를 뽑아내는 일등공신 중 하나가 클로닝이었다. 분자생물학 교과서에서 클로닝은 그림 하나로 설명된다. 그렇게 명료할 수가 없다. 1단계, DNA를 자르는 효소로 원하는 유전자를 잘라서 조각을 얻는다. 2단계, 플라스

미드라고 하는 원형의 대장균 DNA가 있는데 그것을 같은 효소로 자른다. 3단계, DNA를 붙여주는 효소를 넣어서 둘을 붙여준다. 하나, 둘, 셋, 짜잔, 완성! 뭐 이런 느낌. 하지만 현실은 다르다. 대학원에 들어가서 알게 된 건데, 이 클로닝을 하는 방법에 대해서만 기술하고 있는 책이 아예 따로 있었다. 손가락 두 마디만 한 두께로 1, 2, 3권. 그놈의 클로닝 때문에 실험실에서는 곡소리가 끊이지 않았다.

나는 식물을 연구했으므로, 일단 잎을 몇 장 잘라 와서 DNA를 뽑는다. 그리고 내가 이제부터 연구해야 하는 유전자를 PCR로 늘린다. PCR 한 유전자를 깨끗하게 정제한 뒤에 벡터라고 하는 틀에 넣기 위해 자른다. 이때 제한효소라고 하는 유전자 가위를 사용한다. 핑킹가위처럼 가위마다 자른 단면에 특징적인 모양이 생긴다. 그래서 같은 가위로 자른 부분은 짝이 맞는 퍼즐처럼 딱 맞다. 같은 가위로 자른 유전자와 벡터를 일정 비율로 섞어서 DNA를 붙여주는 효소를 넣고 반응시킨다.

그러면 내가 원하는 유전자가 들어있는 벡터가 나와야 하는데, 안 나온다. PCR을 하는데 유전자가 멀쩡히 복사가 안 된다. PCR 한 유전자를 정제하고 나니 남는 게 없다. 벡터에 유전자가 안 들어갔다. 벡터는 벡터 자기 혼자 붙었고, 유전자는 유전자끼리 붙었다. 벡터에 유전자가 반대로 들어갔다. 유전자가 동강 나서 들어갔다. 유전자가 뒤섞여서 들어갔다. 이 밖에도 기상천외한 일들이 일어났다. 환장할 노릇이다. 이게 안 되면 실험을 시작할 수가 없다. 클로닝은 연구의 재료를 준비하는 과정이고, 연구의 시작이었다. 알아보고자 하는 유전자가 생기면 일단 그것을 물리적인 형태로 보관해야 했다. 그래야 다른 생물에 넣어보든, 서열을 분석하든, 뭘 하든 할 수 있으니까.

그래서 안 해본 게 없다. 클로닝 책에 나오는 방법들을 찾아보기도 하고, 제한효소의 종류를 바꿔보고, 제한효소 제조사를 바꿔보고, 반응 온도를 바꿔보고, 벡터와 유전자의 배합비율을 바꿔보고 발을 동동 구르며 난리를 친다. 정화수 떠다 놓고 빌듯이,

3차 증류수를 새로 떠다 놓고 빌었다. 그래도 안 되는 건 안 된다. 연구는커녕 클로닝만으로 1, 2년을 날리는 경우도 있었다. 클로닝이 안 되기 시작하면 이내 또 다른 문제가 생긴다. 매주 연구의 진척 상황을 공유하는 랩 미팅에서다.

지도 교수님은 전형적인 모범생이었다. 보통은 그런 면이 장점이지만, 어떤 경우에는 단점이기도 했다. 1년이 넘도록 클로닝에 성공하지 못하는 학생이 있었다. 그와 함께 랩 미팅을 하는 날이면 모두가 그 문제에 집중해야 했다. 의논으로 해결되는 문제가 있고 아닌 문제가 있다. 그의 클로닝은 후자 쪽이었다. 비슷한 문제를 해결해 본 경험이 있거나, 정확한 조언이 있는 사람만 말을 하고 넘어가면 되는데, 교수님은 이마저 원인을 분석하고 해결 방법이라는 정답이 나와야 한다고 생각했다. 생각이 있든 없든, 도움이 되든 안 되든 모든 학생들은 반강제적으로 돌아가며 의견을 말해야 했고, 차라리 그 시간에 실험을 한 번이라도 더 했으면 뭐라도 결과가 나왔겠다 싶은 시간

동안 소득 없고 소모적이기만 한 대화가 오고 갔다. 그렇게 진 빠지게 몇 시간을 그 문제에 천착한 뒤에 나온 답이라고는 대충 미팅을 시작하고 10분쯤 뒤에 나왔던 제안과 같은 내용이었다.

몇 시간씩 미팅을 한들, 그래도 클로닝은 되지 않았다. 클로닝이 안되니 본격적인 실험은 아예 시작을 못 하고, 논문을 내지 못하니 졸업은 하염없이 미뤄졌다. 중간중간 유전자를 합성하자고 학생이 조심스레 의견을 냈지만 교수님은 그것을 허락하지 않았다. 그것은 정공법이 아니라 편법이었으므로. 그렇게 2년 가까이가 지난 뒤에야, 유전자를 합성하자는 의견에 허락이 떨어졌다. 그나마 연구비가 넉넉한 연구실이었던 덕분에 가능한 일이었다. 그는 남들 다 하는 클로닝 하나 못해서 연구실에 전례 없던 유전자 합성으로 큰돈을 낭비하게 한 죄인이 되어버렸지만, 일단 유전자를 확보한 이후에는 일사천리로 실험이 진행되면서 꽤 좋은 저널에 논문을 내고 졸업했다.

저 클로닝 사건에서 나는 부처님이 했다는 어떤 이야기를 떠올렸다. 드라마 〈추적자〉의 대사다. "왜, 그 부처님도 안 카드나. 산을 가다가 화살에 맞으면 얼른 이걸 치료할 생각을 해야지, 거 앉아가 내가 왜 이 화살을 맞았나, 내가 왜 이리로 지나갔나, 이기는 누가 쏜긴가 그라지 말라고." 나는 이 말을 문제가 생겼을 때 무엇이 진짜 중요한지를 잊지 말라는 뜻으로 받아들이고 있다.

나는 화장품 브랜드를 운영하는 스타트업에서 일하는 동안 비슷한 과정을 겪었다. 전반적인 브랜딩부터 상품의 기획, 생산, 마케팅, 심지어 카피 작성까지가 나의 일이었다. 제조판매업의 근본적인 목적은 물건을 만들고 팔아서 돈을 버는 것이지만, 장기적인 관점에서는 브랜드의 정체성을 확립하고 이것을 소비자들에게 이해시키는 것 또한 중요한 과제였다. 문제는 소비자들의 반응이 예상과 다를 때 생겼다. 처음 제품을 출시했을 때, 사람들의 반응은 실망스러웠다. 브랜드의 이미지가 계획대로 전달되지 않았고, 제품에 대한 반응 또한 그랬다. 여기서 의견이 갈렸다. 소비자의 반응에 맞춰서 브랜딩의 방향과 제품군을 수정해야 한다는 의견과 출시된 제품이 브랜드의 정체성을 상징하므로 제품군을 바꿔서는 안 된다는 의견이 충돌했다. 나는 전자의 입장이었다.

　브랜드가 뚜렷한 정체성을 가지고 그것을 유지하는 것은 중요하다. 하지만 그것이 매출에 도움이 되지 않는다면, 심지어 소비자들의 구매 결정을 방해한다면 바꾸는 것이 옳다. 물건을 파는 것이 회사의 목적이지 이미지메이킹이나 어떤 프로파간다를 전파하는 것이 회사의 목적은 아니지 않나. 하지만 회의 때마다 번번이 의견이 갈렸다. 결론을 내지 못한 채로 몇 달이 지난 뒤에야 간신히 타협점을 찾아 브랜드의 방향성은 조금만 수정하면서 완전히 새로운 제품군을 출시할 수 있었다. 새로 나온 제품에 대한 사람들의 반응은 굉장히 좋았다. 신규 제품군을 통해 회사는 많은 성장의 기회도 얻었다. 유명한 5성급 호텔 체인이나 유통 플랫폼 등에서 입점 제안이 오기 시작했다. 소위 잘나가는 브랜드와 협업도 할 수 있었다. 이런 걸 스타트업의 피보팅이라고 하는 모양인데, 난 이게 부처님의 화살 얘기와 별반 다르지 않은 것 같다.

모든 일은 어떠한 목적에서 시작된다. 그리고 불행히도 일의 과정에서 우리는 꼭 한 번 이상 장애물과 맞닥뜨린다. 보통 사람인 우리는 그런 상황에서 시야가 좁아져 버린다. 저 너머의 목적지에 이르는 것이 해야 할 일인데, 눈앞의 돌부리에 꽂힌다. 이 길이 막히면 저 길로 돌아서라도 가면 될 것을 반드시 그 돌을 파내고 이 길로만 가야 한다고 생각해 돌을 파내는 문제에 천착한다. 시간이 지날수록 원래의 목적은 잊히고, 주객이 전도되어 돌을 파내는 것이 목적이 된다. 그러면 일은 죽도록 하는데 해결되는 것은 아무것도 없는 상황이 된다. 이따금 일을 하다가 어딘가가 막힌 기분이 들면, 나는 잠시 일을 멈추고 그밖의 것들을 더듬는다. 시야를 넓히고 원래의 목적을 찾는 과정이다. 화살이 박혀 목숨이 촌각을 다투는 상황에서도 주객을 파악하지 못하는 것이 인간이다.

그걸 염두에 두고 살면 된다.

15

내가 뭘 그렇게 잘못했는데?

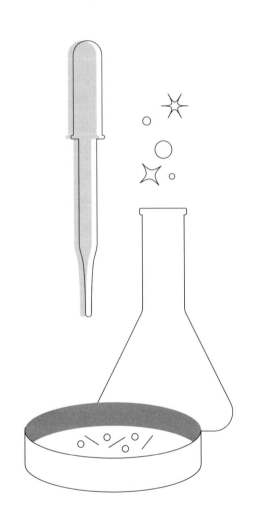

✫ ✳ ✩

소년이 죄를 지으면 소년원에 가고, 대학생이 죄를 지으면 대학원에 간다 했다. 죄 없이 죄수 취급을 받으며 지내게 되는 그곳, 대학원에서의 추억, 아니 그냥 기억이다.

우리는 어린 시절 도덕 시간에 그렇게 배웠다. 사고가 나면 119에 신고를 해야 한다. 주변에 곤경에 처한 사람이 있으면 도와준다. 사람이 많이 다쳤다면 119를 대신 불러준다. 지극히 상식적인 사고 대응 매뉴얼이다. 그런데 어느 날 밤, 난 사고로 다친 후배를 위해 119를 부른 죄로 밤새 사과를 하고 시달리다가 두려움에 밤잠마저 설쳐야 했다.

RNA를 추출하는 실험에 쓰는 시약을 만드는 날이었다. 독극물이나 다름없는 물질들이 다량으로 들어가기에 아주 주의해야 하는 일이다. 두 명의 대학원생이 당번이었다. 여느 날과 다름없던 실험실의 밤, 각자 자기 일을 하느라 분주하던 중에 후드 쪽에서 비명이 들려왔다. 평소 사소한 일에도 호들갑을 잘 떨던 후배였는데, 그 순간 들려오던 목소리는 여느 때와 달랐다. 평상시의 꺅꺅대는 비명이 아니라 울 것 같은데 너무 당황해서 울음조차 나오지 않는 낮은 비명에서 진심 어린 공포가 느껴졌다. "도와주세요, 아파요."라고 하는데 보니 팔에 페놀을 쏟았다. 소매가 긴 옷을 입고 있었는데 그 위를 적셔 닦지도 못하고 어쩌지를 못하고 있는 거다. 다른 후배 하나가 잽싸게 뛰어가 가위로 옷을 잘랐고, 나는 119에 전화를 했다. "여기 ○○대학교, ○○건물, ○○연구실인데요, 실험을 하다가 팔에 페놀을 약간 쏟았습니다. 좀 와주세요."라고 했던 거 같다. 흐르는 물에 계속 팔을 씻고 있어라 등의 지시를 들으며 구급차를 기다렸다.

잠시 뒤에 구급차가 도착했다는 전화에 1층으로 뛰어 내려갔는데 복장이 예사롭지 않았다. 방호복 같은 것을 입은 119 구급대원들이 줄을 지어 서 있었다. 후드 안에서 작업을 하다가 약간의 페놀을 쏟았다는 얘기가 어떻게 건물 내 페놀 유출로 번졌는지 그 속사정은 도무지 알 수 없는 노릇이지만 일단 실험실로 동행하면서 상황을 설명했다. "손가락 두 개정도 크기의 부위에 페놀이 약간 쏟아졌을 뿐이에요. 작업은 안전하게 후드에서 진행되었고 후드 밖으로의 유출 따위는 전혀 없습니다." 도착한 구급대원들도 상황을 보고 약간은 허탈해하는 듯했지만, 큰 사고가 아닌 것이 우선 다행이었고, 이내 다친 후배를 보호자 역할을 할 다른 후배가 데리고 떠났다.

나의 재난은 그때부터 시작이었다. 늘 "교수 다음이 나다."를 입에 달고 살던 연구 교수가 대뜸 나를 불러서 윽박질렀다. 왜 119에 전화했냐는 거다. 그런데 정말 웃긴 건, 거기서 나도 내가 실수를 했다고 생각한 거다. "학교에 구급대가 들어오면 다 기록에 남아! 이거 우리 연구실 안전 점검 평가받을 때 불이익 있으면 네가 책임질 거냐? 아, 나는 몰라. 내일 네가 교수님한테 다 말해. 야! 이런 일 있으면 앞으로 우리 연구실만 점검 빡세질 거 아냐. 다치면 택시 태워서 보내면 되지, 왜 119를 불러!" 같은 소리를 들으며 나는 그 말의 옳고 그름 대신 '내가 왜 그랬지.'하며 자책하기 시작했다.

국민의 안전을 위해 불철주야 수고하시는 소방대원들을 탓하려는 의도는 전혀 없음을 미리 알린다. 문제는 관제 시스템이었다. 처음 신고를 할 때부터 페놀 유출 따위의 이야기는 없었으며, 이후 방문한 구급대원들에게도 충분히 상황 설명을 하였다. 그들은 사진도 찍어갔다. 그런데 그 밤사이에 무려 세 차례나 소방서 관계자들이 연구실을 찾아오고, 경찰도 한 번 찾아왔다. 그리고 그때마다 손님들을 모시고 최선을 다해서 이 사고가 얼마나 '하찮고, 경미한' 것인지를 설명해야 했다. 다친 후배는 팔에 평생 남을 화상 흉터가 생겼지만, 나는 최선을 다해서 이 사고의 시답잖음을 강조해야 했다.

다음은 학교 상황실이었다. 구급차가 몇 번이나 학교를 드나들었으니 모를 리가 없었다. 실은 이 사고가 있기 얼마 전에 학교에 큰 불이 난 적이 있었다. 제법 심각해서 지역 신문에까지 보도가 되었다. 그러니 이 학교 측에서는 얼마나 식겁했겠는가. 아무리 그렇다 해도, 후배가 다쳐서 119를 부른 대학원생을 잡도리할 이유는 여전히 못 된다. 그 교직원들은 다친 학생의 안전보다 이 사고가 또다시 외부에 학교의 이름을 달고 안 좋은 뉴스로 보도될 거리인가에 더 관심이 있었다. 피해 학생이 얼마나 심하게 다쳤는가를 물어보기는 했지만 그것이 세간의 화제가 될 것인지를 가늠하기 위함이었을 뿐이다. 그 통화에서 나는 끝까지 비굴했다. 속으로 올라오는 화를 참으며 "연구실 내에서 다 처리할 수 있는 문제입니다. 학교에는 피해가 가지 않게 하겠습니다."라고 조아렸다.

대학 상황실을 달래고 나니 가장 큰 고비가 남았다. 밤늦은 시간이라 차마 전화는 못 드리고 교수님께 문자를 남겼다. 아직 주무시지 않고 계셨는지 바로 전화가 왔다. 앞서 다섯 번의 리허설을 한 덕분에 대본을 외운 양 아주 매끄럽게 상황 브리핑을 하고, "연구실에 교수님께서 염려하실 일은 생기지 않도록 할 테니 염려 마십시오."로 통화를 마무리했다. 교수님은 별말씀 없이 전화를 끊으셨다. 교수님의 반응에 나는 드디어 긴장이 풀렸고, 계속해서 구시렁대던 연구교수에게 "일 터지면 내가 책임질 테니 그만 좀 하세요."라고 말하고 기숙사로 돌아왔다.

그날 밤은 쉽게 잠들 수 없었다. 머릿속이 복잡했다. 정말 연구실에 불이익이 생길까 두려웠고, 그 일로 교수님께 혼이 날 것이 너무 무서웠다. 애먼 후배 팔에 페놀을 쏟아놓고 제 일이 아닌 양 도망쳐버린 실험실 동기 놈과 어른이랍시고 떠들다가 문제가 생기니 책임은 네가 져라 난 모른다며 짜증 내던 연구교수가 죽도록 미웠다. 후배가 다쳤는데, 왜 나는 별거 아니니 걱정 마시라는 얘기를 해야만 했는지. 학교의 교직원들은 학생의 안전보다 제 밥그릇의 안위가 더 중요한 것인지. 내가 그동안 배워온 도덕이나 상식은 무엇이기에 왜 내가 모두에게 사과하고, 해명하고, 빌어야 했는지. 이 일은 내게 큰 상처로 남았다.

학위 과정이 나에게 남긴 것들이 많다. 좋은 것들도 있고, 나쁜 것들도 있는데, 그 나쁜 것들은 대부분 마음에 상처로 남았다. 한참의 시간이 지나, 제법 나이를 먹고 보니 그때의 어리고 미숙하고 약하던 내가 참 가엽다. 그래서 그 아이를 이따금 불러내어 달래준다. 세상에는 하지도 않은 잘못으로 비난받고 욕먹는 그 시절의 나와 같은 사람들이 여전히 많다. 우리는 잘 알고 있다. 누가 잘못했는지, 그리고 이것이 그렇게까지 화를 내고 욕할 일인지 아닌지. 처지에 따라서 그런 상황에 적절히 대응하는 것이 어려울 수도 있다. 하지만, 부당한 상황에서 내가 나를 지켜내지 못하면 그 시절의 상처받은 내가 영원히 그 시간에 머무르게 된다. 잘못은 한 만큼만 혼나자.

16

물이 사라졌다

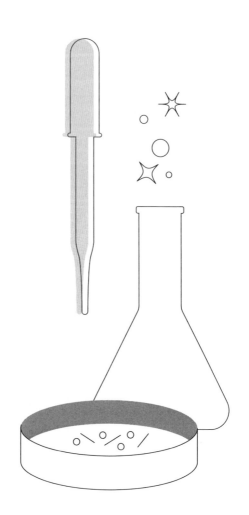

✳ ✻ ☆

"에헤이, 상상력이 많으면 그 인생 고달퍼." 영화 〈타짜〉에서 제일 꽂혔던 대사다. 아귀가 고니를 판에 앉히려고 정마담을 협박하며 했던 말이다. '햐, 기가 막히네.' 내가 그랬다. 상상력이 지나쳐서 내 인생은 늘 고달프다.

사는 게 다 지랄맞아도, 더운물 틀어놓고 개운하게 샤워하는 순간만큼은 만사 잊고 기분이 좋았다. 특히, 샤워를 하는 동안 무슨 신이라도 내리는 건지, 평소 골몰하던 문제의 답이나 인생의 깨달음이 불쑥불쑥 떠오르곤 했다. 그래서 나는 샤워가 더 좋았다. 그러던 어느 날, 또 뜨뜻한 물을 맞으며 서 있는데 까닭 없이 소름 끼치는 불안이 엄습했다. '이걸, 언제까지 누릴 수 있는 걸까? 물이 사라지면?' 영화 〈매드맥스〉에서 보았던 디스토피아가 현실이 되는 상상을 하며 나는 굉장히 불안해졌다.

기실, 우리가 샤워할 때 쓰는 물이 보통 물이 아니다. 마셔도 될 만큼 깨끗한데, 심지어 뜨겁기까지 하다. 당연하게 누리고 있지만 이게 보통 호사가 아니다. 지금도 지구 곳곳에 이런 호사는 꿈도 못 꾸는 사람들이 많다. 자선단체가 모금 운동을 하며 보여주는 먼 나라까지 갈 필요도 없다. 2020년 겨울, 몹쓸 역병으로 전국에 대대적인 사회적 거리두기가 시행되었다. 그때 대중목욕탕만은 예외였다. 나처럼 팔자 좋은 사람들은 어리둥절했다. 사회적 거리두기의 기준이 잘못된 게 아니냐는 비판도 있었다. 그런데 우리가 모르는 세상이 있었다. 서울 한복판에도 온수가 나오지 않는 가정이 존재하고, 대중탕이 아니면 기본적인 위생을 지킬 수조차 없는 사람들이 우리 가까이에서 살고 있었다. 사정도 모르고 정부의 방역지침에 어쩌고저쩌고했던 게 부끄럽다. 그리고 무엇보다도, 누군가는 안전을 위한 위생을 확보하기 위해, 위험한 곳에 가야만 한다는 아이러니가 몹시 갑

갑했다. 삶은 어디까지 잔인해질 수 있는 건지.

아마 그때부터 물에 대해서 진지하게 생각하게 된 것 같다. 상상력이 지나쳐서 고달픈 인생에는 긍정적인 부분도 있다. 물 쓰는 습관을 완전히 바꿨다. 지구의 70퍼센트가 물이라지만, 물이라고 다 같은 물이 아니다. 우리가 마시고 씻는 데에 쓸 수 있는 담수는 그중의 2.5퍼센트뿐이다. 그런데 그 담수의 69.55퍼센트는 빙하나 만년설 등으로 존재하고, 나머지 30.06퍼센트는 지하수로 존재하기 때문에 결국 우리가 쓸 수 있는 물은 전체 담수 중에서 고작 0.39퍼센트다. 지구 전체의 물로 계산하면 0.0075퍼센트다. 그마저도 기후온난화로 인한 전 세계적인 이상기후로 극심한 가뭄과 홍수가 반복되며 '쓸 수 있는 물'은 점점 더 줄어들고 있다.

가정에서 물을 가장 많이 쓰는 곳이 욕실이다. 일반적인 샤워헤드의 최대 유량은 분당 12리터라고 한다. 들기에도 무거운 2리터 생수 여섯 통을 1분 만에

다 쏟아버리는 거다. 먼저 샤워 헤드를 바꿨다. 유량을 줄이면 수압이 낮아져서 샤워가 불편해진다. 수압이 낮은 욕실을 위해 개발된 샤워헤드들이 있다. 그런 샤워헤드로 바꾸니 수도꼭지를 반만 열어도 개운하게 샤워할 수 있었다. 또 샤워를 하는 동안에도 수시로 물을 잠근다. 샴푸를 짜거나, 양치를 하거나, 비누칠을 하는 동안에는 꼭 물을 잠근다. 양치를 하는 잠깐 동안 물을 계속 틀어놓으면 약 6리터의 물이 버려진다고 한다. 양치컵을 사용하면 필요한 만큼의 물만 쓸 수 있다. 설거지나 손을 씻을 때도 물을 찔끔 틀어놓고 쓴다. 기분은 좀 답답해도 씻기는 건 물을 다 틀었을 때나 마찬가지다. 오히려 사방팔방으로 물이 튀지 않아 옷을 버리지 않으니 더 낫다.

건강적인 측면에서도 지나친 샤워는 이로울 것이 없다. 계면활성제로 피부를 씻으면 더러움과 함께 피부를 보호하기 위해 분비된 피지도 씻겨나간다. 피부가 건조해지지 않고, 세균 등이 쉽게 침입하지 못하도록 피부를 지켜주는 방어막 역할을 하던 것이 사라지는 것이다. 그래서 샤워를 하고 나면 보디로션 등을 바르게 된다. 나처럼 피부가 건조한 사람은 매일 샤워를 할 필요가 없다. 머리도 계절에 따라 이틀이나 사흘에 한 번씩 감는다. 매일 샤워를 해야지만 깔끔한 사람이라는 인식도 문제다. 매일 샤워하는 것을 자랑스레 말할 필요도 없다. 넓게 보면 해로운 행동이다. 샤워 주기라는 건 정해진 것이 없다. 각자가 스스로의 피부와 두피 상태, 날씨, 그날의 활동에 따라서 '어떻게 씻을지'를 결정하면 된다.

한동안 극심한 가뭄으로 온 나라가 시끄러웠다. 그리고 뒤이어 폭우로 인한 홍수로 많은 사람들이 죽거나 삶이 망가졌다. 기후변화로 인해 극심한 가뭄과 홍수가 지구 곳곳에서 반복되고 있다. 요즘은 보고 있자면 더는 우리나라가 내가 어릴 때 살던 대한민국이 아닌 것 같다. 기후위기에 대응하는 여러 움직임이 있다. 그것이 전 지구적인 기후 문제를 해결할 수 있을지, 그러면 우리는 예전으로 돌아갈 수 있을지 아무도 모른다. 그저 우리는 지금을 살며, 지금 할 수 있는 일을 하는 것이 최선이다. 맨 얼굴로 바람을 맞으며 편히 숨 쉬며 다니는 삶이 사라진다는 것을 상상이나 했던가. 그런데 어느덧 마스크가 없으면 되려 어색한 상황이 되었다. 당연하게 누리던 것들을 언제 어떤 원인으로 포기하게 될지 모른다. 물을 마음껏 사용하는 것이 절대 좋은 습관은 아니다.

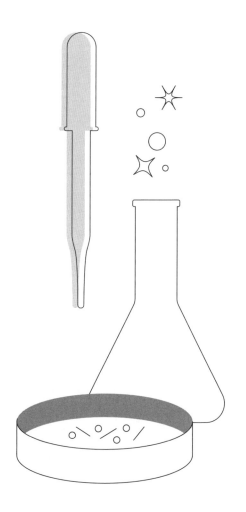

17

여전히 참 쉬운 손가락질들

✦ ✵ ✦

어려서부터 나는 문둥이가 익숙했다. 외가는 경남 합천이었는데, 내가 뭔가 사고를 치면 그때마다 외할머니는 "으이가! 이노무 문디손아!"라고 소리를 치시곤 했다. 유년기를 보낸 대구에서는 '문디'가 그렇게 별스러운 멸칭도 아니었다. 난 스무 살까지 교회에 다녔다. 성경에 자주 나오는 저주의 상징 중 하나가 문둥병이었다. 어른이 된 뒤에야 보통은 그렇게 문둥이 소리를 매일같이 듣고 살지 않는다는 걸 알게 되었다.

내게 있어 '문디손'이라든가, '문디가시나'라는 말은 멸칭을 가장한 애칭이었다. 외할머니나 선생님, 친척 어른들이 날 저렇게 부를 땐 어딘가 맘에 들지 않는 짓을 했지만 여전히 내가 귀여울 때였다. 하지만 밖에서는 달랐다. 교회에서 성경 공부 시간에 배웠던 문둥병은 부정한 자들에게 내린 신의 저주였다. 그들은 스스로 "나는 부정한 자입니다."라고 말해야 했다. 갖은 박해를 받았다. 마을에서 추방당해서 숨어서 살아야 했다. 얼굴을 드러내서도 안 되었다. 손가락과 발가락이 떨어진 손발에 붕대를 칭칭 감고, 머리털과 눈알이 다 빠지고, 코가 썩어 내린 얼굴을 거적때기를 뒤집어써서 가린 나환자가 어린 시절 읽었던 그림 성경 속의 내가 알고 있는 그들의 전형적인 모습이었다.

어느 날, 동네 애들 사이에서 달걀을 먹어서는 안 된다는 소문이 돌았다. 우리가 먹는 달걀이 비밀스러운 곳에 모여서 숨어 사는 문둥이들이 닭을 키워서 팔고 있는 거라는 소문이었다. 달걀을 먹으면 문둥병이 옮는다는 거다. 소문이 꽤나 공포스러웠던 것과 별개로 나는 달걀은 곧잘 먹었다. 아이들 사이에서는 빨간 마스크와 같은 도시괴담처럼 이 이야기가 번졌으나, 둘은 엄연히 달랐다. 문둥이들이 파는 달걀은 사실이었다. 다만, 사실과 진실 또한 구분해야 할 필요가 있으므로, 우리는 이 말을 이렇게 적어야 한다. 대구 인근의 칠곡군에는 한센병 환자들의 사회 적응을 돕는 사회적 사업을 하는 양계 농장들이 모여 있었다. 많은 한센병 환자들은 그곳에서 정당한 노동을 하며 사회의 일원으로 살았다. 대구시에 공급되는 달걀의 대부분이 이곳에서 생산되었다. 이것이 진실이다.

문둥병에 꽤나 익숙하게 몇십 년을 살아온 것과 별개로, 나는 그 병의 실체에 대해서 사실 거의 몰랐다. 어려서부터 교회에서 배워온 문둥병의 이미지가 '신의 저주'에 가까운 것이어서, 일단 걸리면 절대 나을 수 없는 병이라고 막연히 여겼다. 대학생이 된 이후에 우연히 어떤 수업을 들은 뒤에야 그 공포가 얼마나 과장된 것인지를 알 수 있었다.

한센병은 세균성 전염병이다. 마이코박테리아라고 하는 일종의 세균에 감염되면 걸릴 수도 있으나, 쉽지 않다. 한센병을 일으키는 나균은 비말이나 직접적인 접촉을 통해서 감염이 되는데, 통계상으로 약 95퍼센트의 사람은 이미 선천적인 면역을 가지고 있다. 따라서 대부분의 사람들은 나환자와 손을 잡거나, 곁에 앉거나, 마주 보고 밥을 먹어도 병에 옮지 않는다. 성관계를 통해서도 전염되지 않는다. 한센병 환자가 임신을 해도 아기에게 병이 옮겨가지 않는다. 한센병은 아주 천천히 진행되는 병이다. 잠복기가 상당히 긴데, 반복된 접촉으로 나균에 감염이 된 경우, 몸에 발진 등의 병변이 발생하는데, 이때 병원에 가면 어렵지 않게 치료가 된다. 놀랍게도 한센병의 치료제는 이미 1940년대에 개발되었다고 한다. 대체 얼마나 긴 시간 동안 한센병 환자들은 겪지 않아도 될 육체적, 그리고 정신적 고통을 겪어온 건지.

무지는 인간을 잔인함에 둔감하게 만든다. 부당한 줄 알면서도 쉬이 정당화하게 한다. 페니실린이 발견된 지 한참이 지난 뒤에도 한센인들은 저주받은 역병에 걸린 사람들이었다. 병에 걸리면 수용소에 격리되었다. 소록도의 한센인들은 아이를 가질 수 없었다. 강제로 낙태를 하고, 정관수술을 했다. 한센인에게서 태어난 자식은 '미감아'라고 불렸다. 아직 병이 드러나지 않은 인간이라는 말이다. 언제고 병이 도질 수 있는 보균자로 취급한 것이다. 부모가 있음에도 만날 수 없을뿐더러, 그런 부모가 있다는 사실을 평생 숨기고 살아야 했다. 들통나면 감당하기 어려운 손가락질이 쏟아졌다. 사람들은 실체도 없는 죄를 단죄하고 무거운 벌을 내렸다. 그 근거는 오로지 무지로 인한 두려움이었다. 한센인들이 출하한 달걀을 먹을 때 우리가 가장 염려해야 했던 것은 나균으로 인한 한센병의 감염이 아니라 아직도 매년 달걀을 먹고 사람이 죽어나가는 살모넬라균이다.

나는 인간이 이따금 잘 모르는 것에 대해서 비이성적으로 잔인하게 반응하는 것이 두려움 때문이라고 생각한다. 그 두려움이 집단적인 광기로 번지면 그 영향력이 과도하게 커진다. 단순히 개개인들의 반응이었다면 저렇게 거대한 혐오와 차별이 그렇게 오랫동안 단단히 뿌리내릴 수 없었을 거다. 스스로에 대한 확신이 없고 나약한 인간일수록 절실히 무리에 속하기를 원하며, 무엇보다도 자신이 속한 무리가 언제까지나 기준이자 주류이기를 바란다. 이들은 개성을 가지고 독립적인 존재로 자립할 자신이 없다. 내가 속한 집단이 '대세'가 되기 위해서는 우리 집단의 기준에 부합하지 않는 인간들을 철저히 배제하고 따돌리고 기어이 말려 죽여야만 하는 것이다. 한센인은 질병과 그로 인한 신체의 손상이라는 특수성이 있기에 솔직히 그 두려움이 이해는 되지만, 비슷한 일들이 지금도 또 다른 버전의 한센인들을 대상으로 일어나지 않고 있다고 우리는 말할 수 있을까.

나환자촌의 한센인들의 마음을 어루만져주고 기댈 곳이 되어준 것은 종교인들과 자원봉사자들의 사랑이었고, 한센인들의 저주를 풀고, 소록도에서 벗어날 수 있도록 해 준 것은 의과학 연구의 성과였다. 병의 원인을 알았고, 신체에 변형이 일어나는 까닭을 알았으며, 어떻게 그 병에 걸릴 수 있는지, 또 어떻게 치료할 수 있는지를 알게 되면서 더는 한센인들이 문둥이촌에 갇혀 살지 않게 되었다.

　모르던 것들을 언젠가는 알게 된다. 이해되지 않
는 것들도 이해하게 된다. 비단 과학의 발전이 아니어
도, 단순히 시대의 변화에 따라 사람들의 생각이 바
뀌면서 옳다고 믿었던 것이 그른 것이 되고, 문제가
없다고 믿었던 것이 문제가 되기도 한다. 그래서 마
치 모든 것이 밝혀진 양 지금을 사는 것에 대해 스스
로를 경계할 필요가 있다. 세상에 불변의 진리란 것
이 과연 존재할까. 특히나 인간들이 임의로 만들어놓
은 규칙이나 세상의 이치란 것은 정말 얄팍하기 그지
없다. 사람들은 독재라는 말에 반사적으로 치를 떨곤
하지만, 지금 어딘가에서는 군중의 독재가 행해지고
있는지도 모를 일이다.

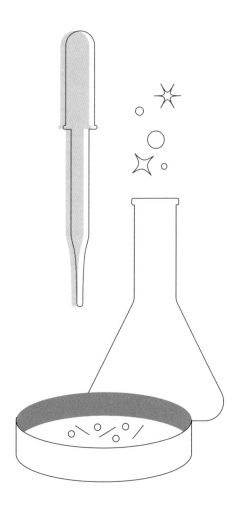

18

나까지 그럴 필요는 없다

✦ ✳ ☆

소리에 놀라지 않는 사자처럼

그물에 걸리지 않는 바람처럼

진흙에 더럽히지 않는 연꽃처럼

무소의 뿔처럼 혼자서 가라.

불교의 대표적인 경전인 『숫따니빠따^{Suttanipata}』에 나오는 구절이다. 마지막 문장인 "무소의 뿔처럼 혼자서 가라."가 유명하다. 살면서 혼자서는 해결이 어려운 문제에 맞닥뜨렸을 때, 믿고 찾을 수 있는 어른이 있다는 건 참 감사한 일이다. 나에게는 셋째 고모가 그런 사람이었다. 그날도 어떤 문제로 혼자서 한참을 앓다가 고모에게 털어놓았다. 고모는 "정아, 네가 그게 정말 옳다고 믿는다면 무소의 뿔처럼 혼자서 가는 거야."라고 했다. 그날 고민했던 것이 어떤 문제인지는 기억도 나지 않지만, 저 말만큼은 지금까지 내 삶의 지침으로 삼고 있다.

나는 우리나라를 참 좋아하지만, 한국 사회가 가지고 있는 어떤 특징들은 상당히 버겁다. 군중의 독재와도 같은, 획일화를 강요하는 사회적인 압박과 분위기가 그것이다. 어느 신문의 사설에서 '한국 사회는 정답 사회'라는 표현을 본 적이 있다. 정답 사회. 이것만큼 그 이름과 실질적인 의미가 모순되는 표현이 있을까. 아이러니하게도 저 모순적인 표현으로 우리 사회의 어떤 면이 정확하게 설명된다.

매일 경험하며 살아가지만 막상 정의를 내리기는 쉽지 않은 것들이 있다. 극단 이와삼의 연극 〈A·I·R 새가 먹던 사과를 먹는 사람〉에는 사람을 사랑하도록 프로그래밍된 로봇이 나온다. 연극을 보면서 가장 혼란스러웠던 부분이다. 사랑은 행위가 아니라 감정이다. 프로그래밍하기 위해서는 정확하게 정의를 내려야 하고, 그것이 작동하는 기작을 정확하게 알아야 한다. 그래야 알고리즘을 짤 수 있다. 수없이 많은 존재들을 사랑해 봤고 지금도 많은 것들을 사랑하고 있지만 나는 사랑의 알고리즘이 어떻게 되는지 알지 못한다.

사랑을 프로그래밍한다는 발상만큼이나 기이한 현상이 현실에서 보인다. '성공'을 인간에게 프로그래밍하려 드는 세태다. 성공은 사랑만큼이나 정의 내리기가 어려운 어떠한 '상태'다. 누구나 저마다 제 인생에 대한 성공의 기준이 다르기 때문이다. 하지만 한국 사회에서는 성공이 입신양명의 유의어로 주로 쓰이는 탓에 누군가는 '손쉽게 성공에 이르는 알고리즘'을 짜서 사람들을 프로그래밍한다. 입신양명의 공식을 알려준다는 수많은 콘텐츠에 노출되며 사람들은 자본과 인지도라는 유한한 유무형의 가치를 차지하기 위해 경쟁의 무간지옥에 제 발로 걸어 들어가고 있다.

성공하지 않았다고 해서 실패한 인생이 되는 건 아니다. 그러나 성공의 알고리즘을 팔아서 다시 제

성공의 입지를 공고히 하려는 사람들은 성공한 것이 아니면 실패한 인생이라고 겁을 준다. 때마다 성공하는 공식이 유행처럼 번졌다가 지곤 했다. 요즘은 '퍼스널 브랜딩'이 대세다. 나 자신을 브랜딩해 보는 경험 자체는 좋다. 강점과 약점, 장점과 단점의 객관적인 파악을 통해 자아를 확립하고 삶의 방향성을 정해서 더 나은 삶을 살 수 있다. 하지만 작금의 퍼스널 브랜딩 트렌드가 말하는 건 그런 게 아니다. 프로 N잡러가 되어서 월에 천만 원을 벌어야 성공적인 퍼스널 브랜딩이고 성공한 삶이라고 한다. 성공적인 삶의 알고리즘은 짤 수 없다. 하지만 N잡으로 달마다 천만 원의 수익을 만드는 알고리즘은 짤 수 있다. 바로 그 알고리즘이 유튜브, SNS, 자기계발 서적, 경제 서적의 형태로 수도 없이 자기 복제되고 있다. 돈을 많이 벌어서 경제적인 '자유'를 누리자고 하는데, 전제부터가 틀렸다. 돈이 많으면 경제적인 자유가 생길 것이라는 생각은 그저 착각이다. 자유는 그렇게 얻어지는 것이 아니다.

성공에 대한 협박이야 무시하면 그만이지만, 과학 문화 활동 또한 우리 사회의 저런 분위기를 답습하고 있기에 나조차 자유로울 수 없었다. 최근에 본격적으로 활동을 해 볼까 싶어 SNS 계정을 하나 만들었다. 같이 과학 문화 활동을 하고 있는 지인들이 응원과 함께 많은 조언을 해줬다. 그런데 일부 조언들은 기가 막히게도 성공적인 퍼스널 브랜딩의 알고리즘과 같았다. 노출과 유입이 목적인 행동들이었다. 이미지는 줄을 맞춰서 올려라, 디자인에 통일성을 줘라, 비슷한 계정을 찾아다니며 선팔해라, 산더미 같은 해시태그를 달아라, 일주일에 몇 개는 반드시 올려야 된다 등등. 시큰둥한 반응을 보이자 "그래서는 안 된다."라고 한다. 뭐가 안 되는 걸까. 과학에 대해서 이야기하는 사람조차 성공의 알고리즘이 프로그래밍되어 있었다. 속상했다. 강요와 맹목적인 추종은 논리와 창의, 그리고 존중이 근본이 되는 과학적 사고와 대척점에 있는 것이기 때문이다.

대구의 어느 도서관에서 강연을 한 이후로 나는

과학 문화 활동 또한 획일화의 압박에서 벗어나지 못하고 있는 게 아닌가 하는 생각을 줄곧 해왔다. 다양한 플랫폼에서 다양한 청중들을 상대로 수많은 과학 강연을 해왔지만 거의 대부분의 경우 과학을 "쉽고 재미있게 알려 달라."라는 동일한 요구를 한다. 대다수의 학교에서는 4차 산업혁명이나 AI 같은, 유행하는 소재들에 대한 강연을 요청한다. 누리호처럼 사회적으로 이슈가 되는 사안이 생기면 과학 유튜버들은 늦지 않게 어떻게든 관련된 콘텐츠를 만들어서 올린다. 사람들의 흥미를 가장 끌 만한, 그래서 조회수가 높게 나오고 강연 요청이 많이 들어올 만한 소재들만이 콘텐츠화 되고, 콘텐츠화 되고, 또 콘텐츠화 된다.

절친한 동료이자 존경하는 과학 커뮤니케이터 G와 이런 주제에 대해 얘기한 적이 있다. 그는 사람들이 원하는 것을 하는 게 맞다고 했다. 대중의 과학화를 위해서는 대중이 흥미를 느낄 만한 주제를 고르고 쉽고 재미있게 콘텐츠로 만들어서 과학에 흥미를 갖게 만들어야 한다는 거다. 맞는 말이다. 대중의 과학화는 과학 문화 활동의 중요한 목표 중 하나다. 또한 그것이 그가 가장 잘하는 일이기에 실제로 그는 과학 문화의 확산에 누구보다도 크게 기여하고 있다. 하지만 나는 과학 문화의 지속 가능성을 위해서는 과학 문화 생태계도 다양성을 유지해야 한다고 생각한다. 이를 위해서는 나름의 확고한 철학과 기존과는 다른 방향성을 가진 과학 문화의 공급자가 많아져야 한다. 과학 커뮤니케이터는 대중에 노출되고 선택과 평가를 받는 직업이다. 그래서 이 일에 대한 철학을 공고히 하지 않으면 언제고 타의와 자의의 경계가 무너지고야 만다. 다수의 선택을 목표로 삼지 않는 과학 커뮤니케이터가 필요한 까닭이다.

대중에 노출되는 일인 만큼 과학 커뮤니케이터의 사회적인 성공은 다양한 수치로 정량적인 평가가 가능하다. 그리고 어디로 보나 나는 그런 성공과는 거리가 멀다. 이런저런 숫자로 증명되는 사회적인 성공을 나는 목표로 삼지 않는다. 과학 문화 활동에 있어서 나는 나만의 성공 기준을 세웠고 그것을 달성하기 위한 나만의 알고리즘도 짰다. 이제 남은 건 그렇게 프로그래밍한 대로 무소의 뿔처럼 혼자서 묵묵히 가는 거다.

19

에
메
랄
드

인
간

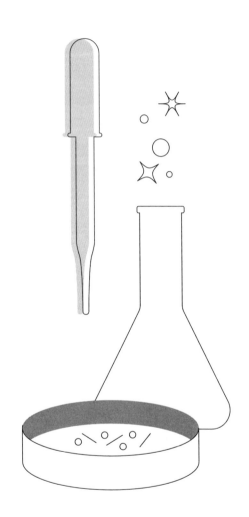

✧ ✸ ✩

난 중학생 때까지 교복을 입고 돌을 주우러 다녔다. 대도시에 살았지만 그 점이 무색하게 도랑 치고, 흙 파고, 벌레 잡고, 돌 주우러 다니는 게 나의 소일이었다. 돌은 자갈이 잔뜩 깔린 큰 식당의 주차장이나 공사장에서 찾아야 한다. 내가 찾는 건 유달리 반짝이는 정체 모를 자갈이나, 속에서 자수정의 결정 따위가 자라는 돌이었다. 그러다 만화 보는 취미를 함께 하는 친구가 생기며 자연스레 야생에서 안락한 침대 위로 놀이 공간이 옮겨갔다. 내게서 돌 수집은 점점 잊혔고, 벼르고 벼르던 엄마는 언젠가 돌들을 다 내다 버렸다.

다시 '돌'이 취미의 반열에 오른 것은 서른을 훌쩍 넘겨서였다. 늘 그렇듯 이런저런 변덕을 부리며 좋아하는 것이 열두 번도 더 바뀌고 있었는데 그즈음엔

장신구였던 거 같다. 원래는 거대하고 화려한 플라스틱이나 큐빅 소재의 장신구를 사서 모으고 있었는데, 우연히 SNS에서 비슷한 디자인을 천연석과 금으로 만들어 파는 곳을 찾게 되면서 개안해버렸다. 그간 금 주얼리는 소위 말하는 종로 스타일의 천편일률적인 디자인뿐이어서 거들떠도 보지 않고 있었는데, 금으로 된 주얼리 중에서도 디자인과 세공이 흔치 않은, 상당히 마음에 드는 물건들이 있었다. 단번에 예약을 하고, 2시간이나 걸려서 쇼룸을 찾아가서는 수백만 원짜리 주얼리를 샀다. 예전에는 땅 파서 모았던 거 같은데, 이제는 가산을 탕진하는 취미가 시작되었다.

잊고 있었던 기억이 되살아났다. 어릴 때 집에 있던 과학 전집에서 제일 좋아했던 세 권이 고양이, 우주, 그리고 광물이었다. 지구과학을 강제로 배우면서 거세당했던 광물에 대한 애정이 되살아났다. 어른의 취미로 삼기에 보석은 최고였다. 예쁘고, 작아서 보관이 쉽다. 언제고 들여다보면 기분이 좋아진다. 종류가 많아서 다양한 취향을 맞출 수 있다. 시장이 형성되어 있어 물건을 구하기 어렵지 않다. 수천 원부터 수천만 원까지 가격대가 넓다. 일부 보석은 자산으로서의 가치도 가진다. 주얼리로 세팅을 하면 대를 물려줄 수도 있고, 선물하기도 좋다. 나로서는 보석으로 사용되는 광물의 종류가 다양하다는 것, 그리고 관련된 학술 자료가 차고도 넘친다는 점도 환장하게 매력적이었다.

　　루비와 사파이어는 색깔만 다른 같은 돌이다. 둘 다 근본은 산화알루미늄이다. 실리콘에 산소가 붙은 것이 수정이다. 여기에 미량 원소에 의해 보라색이 더해지면 자수정이 된다. 지르콘은 큐빅 지르코니아와 전혀 다른 물질이다. 지르콘은 천연석인데 지구의 나이를 측정하는 데에 쓰였다. 다이아몬드도 깨진다. 연마나 커팅 말고도, 보석에는 다양한 물리, 화학적인 방식의 후처리 과정이 존재한다. 베릴류의 돌이 초록색이면 에메랄드, 파란색이면 아쿠아마린, 분홍색이나 주황색이면 모거나이트로 분류된다. 합성석을 만드는 방법은 다양한데 어린 시절 소금물의 포화 수용액에 실을 넣어서 소금 결정을 키워내던 것과 비슷한 방식도 있다. 오팔을 집에서 만드는 법을 알려주는 유튜브 영상도 있다. 인터넷으로 조금씩 알아가던 것에 감질이 나서 보석감정 기능사 책을 사서 가끔씩 들여다보고 있는데, 정말 재미있다.

보석에 대해서 새롭게 알게 되면서 가장 먼저 흥미가 생겼던 건 에메랄드였다. 굳이 보석을 모으는 취미가 없더라도 대부분의 사람들이 이름이나 색깔 정도는 알고 있는 보석이 다이아몬드, 루비, 사파이어, 그리고 에메랄드다. 그만큼 유명한 보석인데도 우리가 잘 모르는 특징들이 많았다. 에메랄드는 사실 단점투성이의 보석이다. 태생적으로 내포물이 많다. 보석이란 모름지기 투명하고 깨끗해야 높게 쳐주는데 에메랄드는 그런 물건이 거의 없다. 명품관에서 합성석처럼 색이 진하고 깨끗한 에메랄드 반지를 본 적이 있는데 가격이 억 단위였다. 티 없이 맑고 투명한 에메랄드는 없다.

에메랄드는 맨눈으로 봐도 기포나 금과 같은 잡티가 많다. 그래서 투명도를 높이는 처리 방법이 발달했다. 대표적인 것이 오일 처리다. 삼나무 오일에 에메랄드를 넣고 열과 압력을 줘서 오일이 보석의 틈새로 스며들게 한다. 그러면 투명하고 매끈해 보이는 보석이 된다. 이런 처리법은 물질의 굴절률에서 아이디어를 얻은 것이다. 물이 든 유리 비커에 유리 막대를 넣으면 물의 표면에서 막대가 굽은 것처럼 보인다. 공기와 물에서 빛의 굴절률이 다르기 때문이다. 그래서 둘 사이에 눈으로 구분할 수 있는 경계가 생긴다. 반대로 말하면, 서로 다른 물질이 있더라도 둘의 굴절률이 같다면 빛이 그냥 통과하므로 우리 눈으로 그 경계를 구분할 수 없다.

과학 마술 중에, '사라지는 유리 비커' 실험이 있다. 투명한 액체가 들어있는 수조에 유리 비커를 넣으면 비커가 사라진다. 수조에 담긴 액체는 글리세린이다. 글리세린의 굴절률은 1.473이고 유리 비커의 굴절률은 1.517 정도다. 둘의 굴절률이 비슷해서 글리세린에 유리 비커를 넣는 순간, 비커가 사라지는 것처럼 보인다. 에메랄드의 오일 처리에도 동일한 원리가 적용된다. 일반적인 콜롬비아산 에메랄드의 굴절률은 1.57 정도이고, 삼나무 오일의 굴절률은 1.51 정도다. 에메랄드 속 기포를 채우는 공기의 굴절률은 1 정도이므로, 그 부분이 오일로 채워지면 기포가 완전히 사라진 것처럼 보인다. 물론, 이렇게 후가공이 된 에메랄드는 그 시장 가치가 떨어진다. 그래서 에메랄드를 살 때는 오일 처리 여부를 꼭 확인해야 된다.

내부에 얼이 많다 보니 에메랄드는 특히나 쉽게 깨진다. 경도는 여전히 높기 때문에 표면이 잘 긁히지는 않지만, 작은 충격에도 쉽게 깨져버린다. 그래서 세팅하기가 까다롭고, 특히 반지로 만들면 정말 조심해서 껴야 한다. 항간에는 에메랄드 반지를 끼고서는 박수도 치지 말라는 얘기가 있을 정도다. 그럼에도 불구하고 사람을 홀리는 초록색을 보고 있으면 에메랄드가 왜 굳건히 4대 보석의 자리를 지키고 있는지 이해가 된다.

나는 에메랄드에서 나를 봤다. 일반적으로 에메랄드라고 하면 당연히 비싸고 귀한 줄로 안다. 그런 것도 있다. 하지만 보석 구실은 아예 못하는 그런 형편없는 에메랄드도 있다. 포항공대 박사라고 하면 으레 똑똑하고 유능한 연구자라고 대부분의 사람들은 생각하지만, 박사라고 다 같은 박사가 아니다. 나처럼 연구자로서의 커리어는 막장에 처박힌 그런 박사도 있다. 속에 흠이 많아 보석 구실을 못하는 에메랄드가 박사로서의 나랑 꼭 닮아 보였다.

논문의 가치는 임팩트 팩터라고 하는 점수로 매긴다. 나는 그 임팩트 팩터가 아주 낮은 저널에 학위논문을 간신히, 아주 간신히 내고 졸업했다. 교과서를 바꾸는 발견을 한 내 사수나 우리 연구실 후배와 내가 같은 대학의 학위증명서를 받았다고 한들, 우린 절대 똑같은 박사가 아니다. 그들은 여전히 연구를 계속하고 있고, 나는 졸업과 동시에 학계를 떠나서 화장품을 팔았다. 실상을 아는 사람들은 줘도 안 가질 얼투성이 에메랄드. 나는 그게 내 박사로서의 가치라고 생각했다. 과학 커뮤니케이터의 일은 더없는 보람이고 행복이었지만, 딱 그만큼 나는 불안했다. 내가 그 일을 할 자격이 없다는 사실을 누군가가 지적할 것만 같았기 때문이다.

감사와 자괴 사이에서 외줄 타기를 하며 꾸역꾸역 과학 커뮤니케이션 일을 하던 어느 날, 나는 갑자기 뻔뻔해졌다. 티 한 점 없이 완벽한 돌만이 사랑받는 게 아니었다. 천연석에 특징적인 내포물이 생긴 걸 선호하는 사람들이 있다. 지구상에 그런 보석은 단 하나다. 그래서 그들은 그 보석을 더 귀하게 여긴다. 그런 내포물을 보석의 '얼굴'이라고 불렀다. 나조차도 '얼굴'을 가진 보석을 모으고 있었다. 어떤 내포물들은 아예 보석을 분류하는 기준이 되기도 한다. 수정류는 다양한 내포물에 의해서 그 가치가 더 높아지기도 한다. 깨끗하고 투명해야만 가치를 쳐주는 보석 시장의 기준에서는 벗어났어도, 그 아름다움과 의미를 알아보는 누군가에게는 최고의 보석이 된다.

박사 학위의 가치가 졸업 논문의 임팩트 팩터만으로 결정되는 것은 아니다. 나는 낮은 임팩트 팩터 대신 다양한 불운과 고생을 겪었다. 그리고 그걸 견디고 극복하는 과정에서 또 많은 것들을 배웠다. 연구 외적인 부침이 없이 학위 과정을 마무리한 사람은 절대 알 수 없는 찌질하고 가슴 아픈 상처들과 그것을 회복하는 데에 도움이 되는 것들을 잘 알고 있다. 그게 박사로서의 내 가치고, 과학 커뮤니케이터로서는 더욱 가치가 높은 덕목이기도 하다. 나는 시장에서 비싸게 팔리는 에메랄드는 아니겠지만, 어떤 수집가의 마음을 울리는 에메랄드는 될 수 있다. 보석도, 사람도, 흠이 있기에 더 매력적일 수 있다. 나는 그걸 돌로부터 배웠다.

20

애피컬 도미넌스

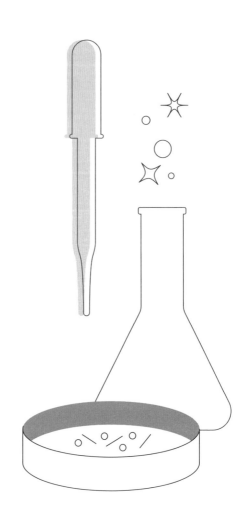

✵ ✳ ⛧

"자식 못난 기 지 탓이가, 부모 탓이지." 드라마 〈추적자〉에 나오는 대사다. '한오 그룹'을 대한민국에서 가장 큰 기업으로 키워낸 창업주 서 회장은 하나뿐인 아들 영욱에게 그룹을 물려줘야 했다. 감수성이 예민하고 문학적 소양이 뛰어났던 서영욱은 시인이 되고 싶었다. 그는 태생적으로 권모술수가 기본이 되는 정치를 할 능력이 없는 사람이었다. 서 회장의 자리를 노리는 그의 사위와 정치 싸움에서 매번 지고, 그 뒷수습을 서 회장이 해주는 일이 반복되면서 그는 망가져갔다. 그러던 어느 날, 야심 차게 벌인 일이 제부에게 무기를 쥐여 주는 꼴이 되어버린 대형사고를 치고는 그것을 수습하고 있는 아버지 앞에서 나이 마흔이 넘도록 기대에 부응하기는커녕 아버지 손이나 빌려야만 하는 자신에 대한 자괴를 털어놓는다. 그때 서 회장이 그런다. "자식 못난 기 지 탓이가, 부모 탓이지."

대단히 인상 깊었던 장면이다. 그런 식으로는 생각해 본 적이 없었다. 서 회장은 영욱이 제힘으로는 그룹 총수가 될 능력이 없다는 걸 이미 알고 있었다. 하지만 서 회장은 영욱을 그 자리에 앉혀야 했다. 한오그룹은 서씨 집안의 것이어야 하므로. 영욱에게 그럴 능력이 없으면 그 아비인 자기가 앉혀주면 된다. 그는 다 알고서 그런 행동을 하는 것이다. 영욱이 어떤 인간인지, 그 자리에 앉은 뒤에 영욱이 어떻게 될지는 다음 문제다. 무슨 이런 잔인한 아비가 다 있나. 이 자에게 자식은 무엇인가. 자신의 목적을 달성하기 위한 수단일 뿐인가.

서 회장 같은 부모가 현실에서도 심심찮게 보인다는 것에 나는 참담함을 느낀다. 많은 부모들이 자신의 욕심과 자식의 꿈을 구분하지 못한다. 자식의 인격을 무시하고 자기가 정한 목적지까지 가도록 자식의 인생을 조종한다. 그러고는 말한다. 나는 자식을 위해 최선을 다했다고. 내 인생을 다 바쳤다고. 우리 '아이'가 팀장 때문에 회사를 못 다니겠다고 한다고 전화해서 따지는 부모도 '아이'를 위해 그랬단다. 부모는 반드시 늙는다. 그때는 자식이 스스로 인생을 끌어가야 하는데, 그 '아이'는 이미 영원히 자라지 못하는 반쪽짜리 인간이 되어버렸다. 나는 그런 아비를 알고 있다. 매사에 조목조목 따지고 드는 '못 배운' 나에 비해, 자신의 뜻을 거스르는 법이 없는 그의 자녀는 그의 자부심이었다. 그는 자식의 앞날을 하나하나 다 직접 정했다. 어느 대학, 무슨 과에 가고 어떠한 직업을 가지라고. 돈을 퍼부어 키우고 가르쳐도 불가능한 것이 있다는 걸 알게 된 뒤에도 그는 태도를 바꾸지 않았다. 그는 자식의 연애에도 관여했다. 그가 골라준 사람만을 만나야 했고, 만나는 동안은 언제 만났고, 어디서 만났고, 무얼 했는지 따위를 보고받았다. 그리고 기어이 그가 '엄선한' 사람과 결혼시켰다.

그의 자식은 착한 사람이었다. 순하고, 반듯했다. 그런데 스스로 생각할 줄을 몰랐다. 반전으로 유명한 영화를 같이 본 적이 있다. 영화를 본 뒤에도 그 사람은 뭐가 반전인지를 이해하지 못했다. 내가 1970년대를 배경으로 한 총이 나오는 시를 SNS에 올렸을 때, 그 사람은 많이 위험했냐며 나를 걱정해 줬다. 나는 그를 무척이나 좋아했기에 그런 모습에 억장이 무너졌다. 그의 아버지가 엄선해서 골라준 배우자는 최악이었다. 이혼하고 싶다고 울던 그는 아버지의 으름장에 여전히 결혼 생활을 지속하고 있다. 그 선하고 총명했던 사람을 누가 이렇게 비참한 꼴로 만들었나.

나는 애기장대라는 식물을 키우며 비슷한 행태를 봤다. 식물 생리학자들이 '애피컬 도미넌스'라고 말하는 현상이 있다. 애기장대는 애피컬 도미넌스 현상이 도드라지는 식물이다. 구글에서 애기장대의 대표 이미지를 검색해 보면 한가운데에 우뚝 솟은 꽃대 하나가 유독 눈에 띈다. 실물과 조금 다르다. 실제로는 메인 꽃대의 주변으로 머리만 찔끔 내민 자잘한 꽃대들이 있다. 대표 이미지에서는 생략될 정도로 하찮다. 메인 꽃대가 살아있는 한, 이 곁가지들은 자라나지 못한다. 그렇게 머리만 내밀고 있다가 식물이 말라죽을 때 같이 죽는다. 꽃을 피우지도, 씨를 맺지도 못한다. 이들이 자라지 못하는 까닭은 크고 강한 메인 꽃대가 이들의 성장을 막고 있기 때문이다. 중심 꽃대가 나머지 꽃대들이 자라 나오지 못하게 막는 것, 이것이 애피컬 도미넌스다.

이런 상황에서 곁가지들이 자라게 하려면 어떻게 해야 할까. 메인 꽃대의 목을 치면 된다. 메인 꽃대를 잘라내면, 며칠 안으로 자잘한 꽃대들이 기다렸다는 듯이 자라난다. 적절한 때에 메인 꽃대를 자른 애기장대는 여러 개의 꽃대가 자라면서 풍성한 꽃다발 같은 모양이 된다.

1930년대에 처음 연구된 이후 최근까지 우리는 애피컬 도미넌스 현상을 옥신이라는 식물 호르몬이 조절한다고 알고 있었다. 옥신은 식물에서 가장 중요한 호르몬 중 하나다. 식물의 모든 길은 옥신으로 통한다는 말이 있을 정도로, 옥신은 식물의 발생부터 생장에 이르기까지 모든 단계를 관장한다. 메인 꽃대는 자라면서 그 머리에서 옥신을 만들어 낸다. 만들어진 옥신은 줄기를 타고 내려가서 아래의 작은 꽃대들에게 전달되어 "자라지 말라"라는 신호가 된다.

애피컬 도미넌스는 사회생활에도 적용이 된다. 자기 자리를 보전하기 위해 아래 직원들을 가스라이팅하며 성장을 막는 직장 상사들이 있다. 애피컬 도미넌스를 통해 회사를 떠올리게 만드는 흥미로운 연구가 2014년에 미국립학술원 회보에 발표되었다. 1930년대부터 근 80년 동안 믿어왔던 옥신 조절 가설에 반하는 연구였다. 연구팀은 작은 꽃대의 성장을 막는 1차적인 인자가 옥신이 아니라 당^{sugar}이라고 했다. 광합성의 산물인 당은 필수 에너지원으로 식물이 자라는 데에도 필요하다. 메인 꽃대는 이 당을 독점해서 성장에서 우위를 점하는 것이다. 당분을 얻을 수도 없고, 자라지 말라는 신호까지 받으니 나머지 꽃대들은 치고 올라갈 재간이 없다. 고액의 연봉을 쥐고, 업무보다는 부하 직원들의 기를 꺾는 일에 더 열심이던 사람들이 생각난다. 실제로 개중 한 사람이 회사를 나가게 된 적이 있는데, 흥미롭게도 밑에 있던 직원들의 연봉이 인상되었고, 업무는 더 활발해졌다.

메인 꽃대도 할 말은 있다. 야생에서 자라는 식물은 제한된 자원을 최대한 효율적으로 이용해야 한다. 물과 빛, 양분을 충분히 주는 연구실에서는 곁가지들이 자라는 데 필요한 것들이 충분히 공급되기에 저렇게 풍성하게 자랄 수 있지만 야생의 애기장대는 사정이 다르다. 중심 꽃대 하나를 키우는 데에만 집중하면 더 크고 튼튼한 꽃대를 얻을 수 있다. 햇빛을 차지하기 위한 주변 식물들과의 경쟁에서도 유리해진다. 크고 실한 씨앗을 얻으려면 꽃대 하나에 에너지를 집중하는 편이 낫다. 농사를 지을 때 솎아내기를 하는 것을 생각하면 이해가 쉽다. 그래서 식물이 애피컬 도미넌스라는 기술을 획득했노라는 것이 연구자들의 해석이다. 하지만 인간사는 야생의 애기장대와 상황이 다르다. 인간사에서 보이는 애피컬 도미넌스는 독선에 가깝다.

씨를 맺기 위해서 꽃대는 일단 자라야 한다. 충분히 자라서 광합성도 하고, 스스로 당을 끌어와야 한다. 씨알이 굵고 튼튼한 씨를 맺으려면 당연히 더 많은 에너지원이 필요하다. 애기장대를 키울 때, 첫 번째 꽃대가 올라오고 약 열흘쯤에 그 꽃대를 잘라버리면 네댓 개의 튼튼한 꽃대를 얻을 수 있다. 그러면 그 각각의 꽃대들이 씨를 맺어 하나일 때보다 훨씬 더 많은 씨를 얻을 수 있다. 첫 번째 꽃대를 너무 늦게 자르면 다음 꽃대들은 충분히 자랄 시간을 갖지 못한다. 애기장대의 수명은 약 4개월 정도이고, 꽃을 피우고 씨앗을 채우는 데에 제법 시간이 걸리기 때문이다. 뒤늦게 메인 꽃대의 억압에서 벗어난 꽃대들은 비실비실 자라다가 씨앗도 거의 맺지 못하고 끝이 난다.

나는 요즘의 자녀 교육이 염려스럽다. 부모는 자신이 이미 알고 있는 답을 아이 앞에 놓아준다. 아이가 언제나 안전하고 가장 좋은 길로만 가게 하기 위해서다. 이게 정말 아이에게 좋은 방법일까. 연구자들은 가설을 세우고 그 답에 이르기까지 다수의 시행착오를 겪는다. 기어이 내 힘으로 답을 찾았을 때 가장 큰 보람을 느낄 테지만, 그 과정에서 예상치 못했던 많은 것을 배우고, 또 다음 질문을 찾아내는 것도 못지않은 성과다. 이것은 아이가 자라는 과정에도 똑같이 적용된다. 부모가 골라준 정답대로 자라온 아이는 딱 그만큼 배움과 성장의 기회를 박탈당한다. 특히 좌절에서 회복할 수 있는 탄력성이 없어진다. 모든 인간은 좌절과 결핍을 반드시 경험한다. 삶은 나이를 먹을수록 더욱 가혹해질 뿐이다. 어릴 때 경험함 직한 결핍과 좌절은 상대적으로 사소한 것들이 많다. 원하는 장난감을 갖지 못하거나, 영상을 보면서 밥을 먹고 싶은데 그럴 수 없는 것과 같은. 욕구와 현실이 충돌할 때, 고통을 겪고 그로부터 회복하는 것은 부모 그늘 아래에 있는 어린 시절에 배우는 것이 가장 안전하다.

부모가 모든 것을 해줘야만 생존할 수 있는 시기를 지나, 아주 사소한 것부터 선택이라는 걸 직접 하게 되는 나이가 되면 부모는 한 발 물러나야 한다. 내 머리를 잘라내고, 아이 자신의 머리를 키울 수 있도록 해야 한다. 이제 부모의 역할은 뒤에서 지켜보고, 좌절한 아이가 충분히 생각할 시간을 준 다음, 위로와 함께 부모가 생각하는 답을 알려주는 거다. 아이는 이미 충분히 자신의 머리로 고민을 하고 느낀 바가 있기 때문에 그 답을 있는 그대로 받아들이지 않을 수 있다. 나름의 방식으로 소화하고, 자신의 것으로 체화한다.

정답을 찍고 100점을 맞는 것만이 중요하다면, 그래서 그런 태도가 인생에도 고스란히 적용된다면, 부모가 일일이 답을 알려주고 자식은 그것을 선택만 하면 된다. 하지만 자식이 인생의 수많은 답이 없는 문제들을 스스로 풀어나갈 능력을 키우기를 원한다면, 그래서 진짜 한 사람의 성숙한 어른으로 자라기를 바란다면, 부모는 가야 할 때를 알고 한 발 뒤로 물러서며 결별이 이룩하는 축복을 맞아야 한다.

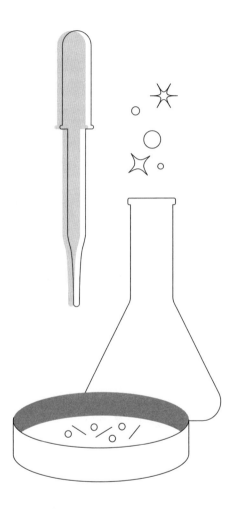

21

유전적 독립

✿ ✾ ✪

세상의 손가락질이 아니어도 속절없이 무너지는 순간이 있다. '엄마처럼은 살지 않겠다'던 딸이 어느 날 자신에게서 그토록 싫었던 엄마의 모습을 보게 될 때다. 그 누가 뭐라 하지 않아도 자포자기의 심정이 된다. '그 피가 어딜 가나. 내가 결국 그렇지 뭐.' 그 심정이야 십분 이해하지만, 절대 그렇게 생각해서는 안 된다. 하늘은 스스로 돕는 자를 도울 수는 있어도 자포자기한 사람까지 어쩌지는 못한다. 천 길 낭떠러지로 떨어지는 것 같은 순간에는 손톱이 빠지더라도 절벽에 튀어나온 돌부리나 나무줄기를 잡아야 한다. 그러면 훗날을 도모할 수 있다.

내게도 그런 것들이 있다. 여럿이 모여서 수다를 떨던 중에 나는 사람들이 불편할 수도 있는 말을 퉁명스레 내뱉고는 곧바로 소스라치게 놀랐다. 화도 났

186

고, 쪽팔려서 미칠 것 같았다. 그건 내가 가장 싫어했던 내 엄마의 말버릇이었기 때문이다. 한참을 속으로 앓다가 그 자리에 있었던 사람에게 "내가 아까 말을 좀 기분 나쁘게 한 것 같다."라고 사과를 했는데, 다들 그런 말을 했었냐며 대수롭지 않은 반응이었다. 남들은 한 귀로 듣고 흘릴 정도로 사소한 실수였을지 모르지만, 나는 그럴 수 없었다. 학생 때부터 나는 말투에 대한 지적에 몹시 전전긍긍했다. 수십 년을 듣고 살며 인이 박여버린 그 말투로 말하지 않으려고 얼마나 애를 썼는지 모른다. 지역의 사투리를 좋아하는 내가 정작 내 사투리는 빠르게 고친 까닭도 이 때문이다. 강연이나 방송을 하면서 이따금 발음이나 목소리, 말의 '쪼'가 좋다는 얘기를 듣는다. 그 칭찬을 들을 때마다 가슴이 찡하니 아리다. 그 말투마저 물려받지 않기 위해 그토록 애쓴 것을 인정받는 기분이 들어서다.

내가 아직 한글을 모르던 1990년 10월에 미국에서는 인류의 역사상 가장 도전적인 과제가 시작되었다. 바로 인간 게놈 프로젝트다. 전 세계 수천 명의 연구자들이 참여한 이 프로젝트는 2003년, 내가 대학에 들어가던 해에 완료되었다. 생물의 설계도인 유전자가 DNA라는 문자로 쓰였다는 사실을 알게 되고, 사람들은 자연스레 어떤 생명체가 가진 모든 유전자의 DNA 서열을 읽어내면 그 생물을 만드는 데에 필요한 모든 정보를 알게 될 거라고 기대했다. 그렇게 인간의 모든 유전자를 해독하는 인간 게놈 프로젝트가 시작되었다. 이를 두고 항간에서는 인간이 신의 영역에 도전한다고 한참 시끄러웠지만 한낱 기우였다. 알려진 것과 다르게 2003년에 종료된 인간 게놈 프로젝트에서는 '모든' 유전자 서열을 해독하지 못했다. 기술적인 한계 때문이었는데, 그때 못 읽은 8퍼센트의 공백은 무려 20여 년이 지난 2022년에야 해독이 끝났다. 더 중요한 건 이다음이다. 단순히 설계도의 언어를 읽은 것만으로는 아무런 일도 일어나지 않는다.

설계도는 그것을 바탕으로 결과물이 만들어질 때 의미를 가진다. 유전자도 단백질로 발현되어야 설

계도로서 의미가 있다. 연구자들이 유전자의 서열을
모두 해독한 뒤에 알게 된 것은 단순히 유전자의 서
열을 안다고 해서 발현 패턴까지 알 수는 없다는 사
실이었다. 그래서 새로운 연구 분야가 주목을 받기
시작했다. 바로 후성유전학Epigenetics이다. 후성유전학
은 동일한 유전자 설계도를 가지고 어떻게 유전자 발
현의 결과가 달라지는지를 연구하는 학문 분야다. 똑
같은 유전자를 가진 일란성쌍둥이의 외모가 나이를
먹으며 달라지는 것을 우리는 후성유전학으로 설명
한다.

학생 때는 후성유전학에 아무 관심이 없었다. 히
스톤이니 메틸레이션이니를 꾸역꾸역 외우고 시험이
끝나면 다 까먹었다. 후성유전학에 흥미가 생긴 것
은 화장품 원료사에서 일하면서다. 전 세계에서 가장
큰 규모의 화장품 원료 박람회가 매년 유럽에서 열린
다. 몇 가지 시상식도 있는데, 우리 회사에서는 매년
첨단 과학 기술을 적용한 혁신적인 원료를 선발하는
'혁신 원료상'에 신제품을 출품했다. 걸출한 글로벌

기업들과 경쟁하기 위해서는 매번 화장품에 적용된 적 없는 새로운 과학 기술을 가져와야 했고, 그중 하나가 후성유전학을 이용한 안티에이징 원료였다. 연구소로부터 논문에 사용한 자료와 데이터들을 받아와서 잡지에 실려도 어색하지 않을 수준의 마케팅용 자료로 만들었다. 그때 우연히 어느 일란성쌍둥이 자매의 사진을 보았는데, 정말 신기했다. 어떻게 보아도 그들은 일란성쌍둥이로 보이지 않았다.

만약, 유전자의 서열만으로 모든 것이 결정된다면, 하나의 수정란에서 시작해서 완전히 동일한 유전자를 가지고 있는 일란성쌍둥이는 죽는 날까지 똑같은 생김새를 유지해야 한다. 하지만 유명한 추적 연구 속 일란성쌍둥이 자매는 그렇지 않았다. 이목구비는 제법 비슷했지만 한쪽이 훨씬 까무잡잡하고 주름진 얼굴을 하고 있어서 나이 차이가 있는 평범한 자매처럼 보였다. 그들은 거주지와 생활 습관이 달랐다. 자외선이 강한 지역에서 살며 바깥 활동을 자주 하는 쪽의 피부 노화가 훨씬 더 많이 진행되어 있었다. 자외선에 자주 노출되면 자외선 차단을 위해 멜라닌 색소의 합성과 관련된 유전자들의 발현이 증가한다. 콜라겐을 분해하는 효소인 MMP-1$^{Matrix\ metalloproteinase-1}$도 자외선에 노출되면 발현이 증가한다. 같은 유전자를 가졌지만 환경적인 조건에 의해서 그 발현이 달라졌고, 결과적으로 표현형인 피부의 노화 상태에서 차이가 난 것이다.

물려받은 유전자가 나를 만드는 전부가 아니다. 고작 거주지나 삶의 패턴에 따라 유전자의 발현 패턴마저 바뀌는데, 하물며 우리가 물려받은 것이 무엇이든 바꾸지 못할 게 뭘까. 가장 원망스러운 사람과 닮은 내 얼굴을 보면서, 또는 나도 모르게 튀어나오는 몸짓과 말투로 인해, 자괴감을 느낄 필요는 없다. 이목구비는 닮았더라도, 편안하고 부드러운 표정이나 온화한 미소는 내가 만든 나의 것이다. 닮고 싶지 않은 습관이 있다면 타산지석 삼아서 연습하면 된다. 반면교사로 삼을 기준이 있다는 건 도움이 되는 일이다.

나처럼 부모와 심각한 갈등을 겪으며 자란 친구가 있다. 나와 다르게 그녀는 용기가 있었고, 엄마가 되었다. 어느 날 그녀가 이런 말을 했다. "자식을 낳고 키워보면 부모를 이해하게 된다는데, 나는 더 이해가 안 되더라. 어떻게 그 어린 나한테 그렇게 할 수 있었는지 아직도 모르겠어. 우리 애를 보고 있으면 그 시절의 어린 내가 더 가여워. 그래서 나는 내 아이한테는 그러지 않으려고 더 많이 노력해." 아이를 보면 알 수 있는데, 그녀는 정말 자신은 가지지 못했던 좋은 엄마가 되어주고 있다. 아이는 그늘 없이 밝고 예쁘게만 자라고 있다. 그녀는 늘 '더 나은' 엄마가 되지 못함에 괴로워하지만, 곁에서 보기에 이미 충분히 좋은 엄마다.

누구에게도 부모를 선택할 기회는 주어지지 않았다. 우리는 원하든, 원하지 않든, 이렇게 태어났다. 세상은 참 쉽게 재단한다. 부모를 보고 자식을 판단한다. 하지만 분명 자식과 부모는 별개의 존재다. 썩은 판자를 하나씩 새로운 판자로 갈아 끼워 넣다가 원래의 판자는 하나도 남지 않게 된 테세우스의 배처럼, 내 몸의 어느 세포 하나도 부모로부터 온 그대로 남아있는 것은 없다. 처음 몇 년을 제외하고 탄생에서 죽음에 이르기까지 우리는 어떤 사람으로 어떻게 살아갈지를 선택할 수 있다. 타고난 대로 길러진 처음 몇 년의 나보다, 나의 선택으로 살아온 내가 더 진짜의 내가 아닐까. 무엇을 물려받았든, 그것이 대를 물리기에 온당하지 않으면 끊어내면 된다. 그리고 더 나은 사람이 되어 만족스러운 삶을 살기 위해 노력한다면 그것이 부모에게도 더 큰 보람이고 행복이 아닐까. 똑같은 모습을 반복하기보다, 물려받은 것을 바탕으로 성장하는 것, 어쩌면 그게 진정한 대물림일지도 모르겠다.

22

잇으려 할수록 가까워지는 절망에 대응하여

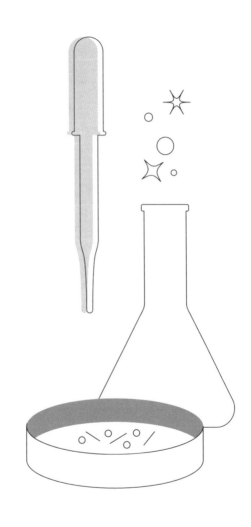

✧ ✷ ⅄

절망은 인간이 경험할 수 있는 최악의 감정이다. 좌절이나 우울, 분노와 같은 감정들은 절망의 잔털에 불과하다. 우울, 좌절, 분노 따위에 불과했던 감정들은 시나브로 인간을 잠식하다가 종국에는 절망이라는 압도적인 감정으로 자라게 된다. 그 앞에서 인간은 도무지 버텨낼 재간이 없다. 나는 '우울증으로 인한 자살'과 같은 기사의 제목이 영 탐탁지 않다. 삶을 멈추는 것 외에는 선택지가 없는 것 같은 절망감은 겪어보지 않으면 알 수 없다. 단순히 '우울증으로 인해'라고 뭉뚱그려 말하는 것은 그런 선택으로 몰리기까지 당사자가 겪었을 천로역정 같은 심리적 고난을 일축해서 제삼자들이 너무도 쉽게 재단하고 손가락질하게 만든다. 사랑하는 사람에 대한 미안함도, 다시 살아보고 싶다는 미련도, 심지어 죽음에 대한 두려움마저도 소용이 없다. 절망은 모든 것을 압도한다.

절망을 아주 잘 형상화한 캐릭터가 있다. 소설 《해리 포터》시리즈에 나오는 아즈카반의 간수, 디멘터다. 해리 포터 세계관에서 아즈카반이 악명 높은 감옥이 될 수 있었던 것은 전적으로 디멘터라는 존재들 때문이다. 이들은 시커먼 거적때기를 뒤집어쓰고 말라비틀어진 나뭇가지처럼 앙상하고 긴 손가락을 드러낸 채로 날아다니는데, 얼굴에는 시커먼 아가리만 뻥 뚫려있다. 그리고 그 구멍으로 사람의 행복한 기억과 감정, 그리고 영혼을 빨아들인다. 아즈카반에 갇힌 사람은 몇 주 안에 미쳐버리고, 육신만 남은 껍데기가 되어버린다.

디멘터는 《해리 포터》의 저자인 조앤 롤링이 실제로 경험한 감정을 바탕으로 만들어낸 캐릭터라고 한다. 직업도 없고, 능력도 없고, 돈도 없고, 도와줄 사람도 없다. 혼자서도 먹고 살 일이 막막한데, 아이까지 책임져야 한다. 글로 쓰니 간단하지만 그런 상황에서의 막막함이 어땠을지를 생각해 보면 남의 일이어도 몸이 저리고 머리가 아프다. 사실, 여러 고전

설화에서 이미 디멘터와 비슷한 존재들이 많이 등장하므로 디멘터가 조앤 롤링의 고유한 캐릭터라고 할 수는 없지만, 압도적인 절망감에 대한 경험을 재료로 삼아 캐릭터로 만들었다는 사실이 꽤히 희망적이어서 디멘터는 내게 특별하다.

한국의 고전 설화에도 디멘터와 비슷한 요괴가 나온다. 사람의 두려움을 먹고 몸뚱어리를 불리는 어둑시니다. 재미있는 건, 어둑시니를 두려워하지 않고 얕잡아보거나 아예 무시하는 사람을 만나면 어둑시니는 되려 작아지거나 소멸한다. 그래서 어둑시니는 계속해서 사람이 마음속 깊이 숨겨둔 어둠을 끄집어낸다. 디멘터가 압도적인 절망이라면, 어둑시니는 사람이 가진 불행한 기억 같다. 기억이란 되새길수록 선명해지지만 왜곡이 생긴다. 과거의 어떤 기억을 공유하는 사람들이 모여서 그 기억에 대해서 얘기해 보면 각자가 기억하는 디테일이 조금씩 다른 일이 종종 있다. 특히 불행했던 경험은 그 기억을 곱씹을수록 부정적인 인상이 강화된다. 문제는 이 기억이라는 것이 어둑시니와 다른 점이 하나 있다는 사실이다. 기억은 무시할 수가 없다.

조지 레이코프의 저서, 《코끼리는 생각하지 마》는 오직 제목만으로 우리가 자의로 코끼리를 생각하지 않는 것이 불가능하다는 사실을 완벽하게 설명했다. 코끼리를 생각하지 말아야지 라든가, 코끼리는 잊자는 생각 자체가 코끼리에 대한 생각이다. 인간이 기억을 불러일으키는 방법이 그저 그러하다. 그래서 무언가를 정말로 생각하지 않으려면 계속해서 다른 것을 생각하는 수밖에 없다. 일상의 잡다한 기억들, 뭐가 되었든 나를 힘들게 하지 않는 것들로 끊임없이 머리를 채운다.

망각의 힘을 빌려서 과거의 상처에 대응하는 것이 실제로 가능했다. 내 경험이다. 몇 년 전, 나는 반년 정도 정신과 상담 치료를 받은 적이 있다. 그리고 나는 이 상담 치료를 하던 중 아주 기가 막힌 일을 겪었다.

지금의 내가 가지는 문제는 과거의 어떠한 사건들로 인해 생긴 것이었다. 그래서 우리는 상담을 하는 내내 과거의 사건에 대해 이야기했다. 과거로, 과거로 시간을 되돌리다가 유년기까지 이르렀다. 그날도 내가 한참 동안 두서없이 떠든 내용을 선생님이 정리하고 있었다. "소정 씨, 얼마나 힘들었겠어요. 사람이 위험하면 집으로 숨어야 되는데, 소정 씨에게는 집이 가장 위험한 곳이었잖아요. 10년이 넘게 그 어린 소정 씨가 스스로를 지켰네요." 와, 대박. 자기 연민으로 눈물이 터졌어야 할 타이밍이었는데, 나는 그 대신 그때 거의 유레카를 외쳤다. 왜냐면 내가 지옥 같은 10년을 보냈던 것도 맞는데, 상담을 하며 다시 꺼내기 전까지 나는 그 시간을 완전히 까먹은 채로 살고 있었기 때문이다. 당시에 내가 힘들다고 병원을 찾았던 건, 대학원에서 달고 나온 정서적 학대의 상처와 사회적 성공만을 좇던 핀트 나간 욕심, 그리고 회사에서 당한 성희롱 때문이었다. 내가 이 모든 문제들에 골몰한 채로 '지금'을 사는 데에 온 신경이 쏠린 덕분에 과거의 절망이 기어 나올 틈이 없었던 거다. 굉장히 놀라우면서도 고무적인, 어떤 희망마저 느껴지는, 신나는 경험이었다.

망각이란 얼마나 감사한 선물인가. 집에 와서 신나서 망각에 대해서 찾아봤다. 그러다 뇌과학 용어인 인출유도망각Retrieval-induced forgetting이라는 현상을 발견했다. 시험 기간에 벼락치기를 하면서 친구들이랑 그런 얘기를 한 적이 있다. "아, 뒤에 거 외우니까 앞에 거 까먹고, 앞에 거 외우면 뒤에 거 까먹는다." 이게 일종의 인출유도망각이다. 저 하나를 외우면 다른 하나를 까먹는 현상을 실험적으로 증명하기 위해 연구자들은 이런 실험을 했다.

실험 참가자들은 '카테고리 – 예시'로 구성된 단어 쌍을 외웠다. '과일 – 사과', '과일 – 바나나', '과일 – 포도', '술 – 위스키', '술 – 소주' 뭐 이런 식이다. 이걸 다 외우고, 시험을 친다. 시험 문제는 빈칸 채우기다. '과일 – 사□', '과일 – 바□□' 같은 문제를 푼다. 이때 각각의 참가자에게 주어진 범위에서 특정 카테고리의 단어 쌍은 출제되지 않는다. 시험이 끝나면 한동안 단어 쌍 외우기와는 상관없는 소일로 시간을 때운다. 그리고 다시 돌아와서 외웠던 단어 쌍을 적도록 하고 기억의 빈도를 측정했다. 참가자들이 가장 많이 기억한 단어들은 빈칸 채우기 실험으로 풀었던 문제들이다.

재미있는 부분은 이다음이다. 사람들은 빈칸 채우기 실험에서 아예 언급되지 않은 카테고리의 단어를 더 많이 기억했다. 즉, 과일류의 단어 쌍 채우기 시험을 쳤던 사람의 기억 빈도 순서는 1. 시험에 나온 과일, 2. 시험에 아예 안 나온 술, 3. 시험에 안 나온 과일 순이었다. 연구자들은 이 현상을 두고, 시험을 치는 동안 과일류에서 특정 과일들만을 되새긴 행동이 나머지 과일들을 잊게 했다고 해석했다. 즉, 우리가 뭔가를 기억하려고 떠올릴 때, 거기에 대응하는 또 다른 기억을 잊게 된다는 거다. 이 현상대로라면 앞서 시험 기간에 공부한 내용을 번갈아 가며 까먹은 것도 그것이 같은 과목의 정보이기 때문이다. 국

사 공부를 하면서 비슷비슷한 세 글자 이름들과 연도를 계속해서 외우다 보면 뭐가 뭔지 헷갈리지만, 그 사이에 '라부아지에' 같은 이름이 하나 들어가면 그건 기가 막히게 외워진다.

내 경우도 비슷하지 않았나 싶다. 정확히 무엇이 카운터를 친 기억인지는 몰라도, 사는 동안 했던 수많은 회상들과 내가 골몰했던 어떤 기억들이 뼈에 사무쳐서 죽어도 못 잊을 거라고 했던 10년의 지옥을 완전히 어느 구석으로 밀어내 버렸다. 생각할수록 인간의 기억과 망각 시스템이 근사하다. 감사하다.

절실히 잊고 싶은 기억이라는 것은 영원히 사라지지 않는 기억이기도 하다. 아무리 현실에 집중하는 것으로 과거의 상처를 무시하며 산다고 해도, 이 덫 같은 기억은 예상치 못한 트리거로 인해 불시에 튀어나와 나를 다시 절망으로 처박아버린다. 이 악몽이 대가리를 들려 할 때, 바로 후려칠 무기가 필요하다. 그래서 나는 일부러 머리를 써서 놈의 카운터가 될 만한 기억들을 만든다. 지금도 내 눈앞에는 벽면 가득 포스트잇들이 빼곡하게 붙어 있다. 거기에는 내가 해야 할 일을 비롯해서, 내가 좋아하는 것들(요즘 각종 양념 배합비를 외우고 있다), 염두에 둬야 할 것들을 적어서 붙여뒀다. 하루에도 몇 번씩 수시로 이것들을 보면서 '지금' 내가 집중해야 하는 것들에 집중하려 한다. 그렇게 부지런히 채워둔 기억의 재료들로 매일을 부지런히 살면서 나를 절망으로 끌어들일 기억에 여지를 주지 않으려 애쓰고 있다.

집 밖으로 나가는 건 정말 싫다. 그래도 날씨가 좋으면 집 앞에라도 나가서 하늘과 구름, 햇살, 바람의 인상 따위가 기억으로 새겨질 때까지 가만히 기다리곤 한다. 그리고 그 느낌들이 체계적으로 기억에 남을 수 있도록 표현이 어려운 무형의 감각들을 한참 동안 말로 표현하고 문장으로 만들어낸다. 나는 잘 살기로 마음먹었다. 이성이 비이성을 압도하도록, 과학의 힘을 빌려 본다.

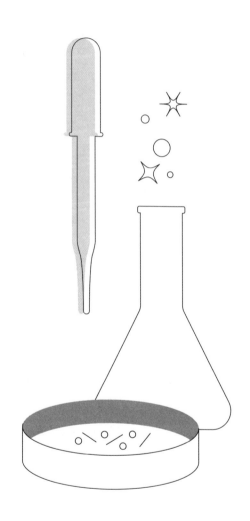

23

문제적 구성원

✳ ✳ ✵

사는 게 힘든 까닭은 제각각이다. 나도 내게 삶이 이리도 버거운 까닭이 무엇인가를 꽤 오래 고민했다. 결론은 외로워서였다. 삶을 지속하기가 어려울 만큼 외로움이 깊었다. 어느 밤에는 '반드시 죽어야 한다'는 생각 말고는 아무런 생각도 할 수가 없었다. 아무것도 모른 채로 잠든 남편 곁에서 소리도 내지 못하고 숨죽여서 울었다. 그렇게 절망의 밤을 버텨낸 다음 날 아침, 여느 때와 다름없이 일어나서 씻고 출근을 했다.

일단 나는 굳이 애써 삶을 끝내지는 않기로 했다. 그런 짓을 하면 많은 문제가 생기는데, 그 문제라는 것들이 괴롭히는 대상이 결국 세상에 한 줌 되지 않던 나를 아끼고 사랑해 준 사람들뿐이라는 사실이 약 오르기 때문이다. 그 귀한 사람들에게 상처를 주는 죽음이라니, 안 될 일이다. 그리고 그 절망에서 빠져나오기 위해 내가 제대로 뭔가를 해 본 적이 있었던지를 되짚어 보니, 딱히 없었다. 그래서 나는 아무 때고 할 수 있는 자살은 뒤로 미뤄두고, 우선 이 문제를 풀기로 마음먹었다. '이 외롭다는 감정은 어디에서 기인한 것인가.' 모든 문제의 해결은 정확한 질문을 찾는 데에서 시작한다.

결론부터 말하면, 내 외로움의 원인은 부족한 사회성이었다. 그걸 몰라서 주변을 불편하게 하고, 나는 상처를 받았다. 다자이 오사무의 《인간실격》의 첫 문장을 처음 읽은 날, 억장이 무너졌다. "부끄러운 일이 많은 생애를 보내왔습니다." 살아 있음이 죄송하고 수치스러운 까닭은 그 삶이 내내 곤혹스럽고 부끄럽고 수치스러운 사건들로 가득하기 때문이다. 악의는 없었다. 다만 정말 몰라서 그랬다. 그래도 나는 이런저런 따돌림을 당하고 이불 차며 우는 걸 몇 번 반복하면서 조금씩 눈치를 키우고 '이럴 때는 이렇게 한다.'는 사회화의 알고리즘을 익히고는 있다. 하지만 여전히 한 번씩 눈치 없는 내가 불쑥 튀어나와서 사고를 치면 또 집에 와서 '나가 뒤지자'며 벽에 머리를 박는다.

사회화의 정의에는 사회에 적응하며 살아가기 위해 필요한 가치나 규범 등의 학습이 포함된다. 그리고 이 말은, 사회의 행동 양식과 가치 규범에 따라 사회의 구성원들 사이에 이미 좋은 것, 혐오스러운 것, 선망의 대상, 경멸의 대상, 심지어는 옳고 그름까지가 다 정해져 있다는 이야기다. 사람들의 생각이나 가치관은 기실 저 혼자 터득한 것이 아니라, 나고 자라며 다양한 사회적 집단과의 상호작용을 통해서 시냅스로 프로그래밍된 것에 가깝다. 여기까지 생각이 미치자 나는 그동안 제대로 사회화되지 못해서 스스로를 미워했던 것이나 스스로 사회화되기 위해 애썼던 것들에 의구심이 생기기 시작했다.

조선의 개혁사상가 허균은 조선 왕조 역사상 최악의 인물로 기록되었다. 그는 인간도 아니었다. 『광

해군일기』에는 찢어 죽여도 시원찮을 괴물로 적혔고, 실제로 찢겨서 죽었다. 그가 거열형을 당한 까닭은 호민론이나 유재론을 주장하고, 조선 사회의 규범을 깡그리 무시했기 때문이다. 유튜브에 KBS〈역사 스페셜〉허균 편이 올라와 있다. 댓글들이 재미있다. 하나같이 허균이 아까운 인재라며 당시의 사대부들이나 시대상을 욕한다. 난 그런 댓글을 쓰고 있는 사람들이, 2022년의 사회적 규범에 허균처럼 반하는 사람을 두고는 무슨 말을 할지가 궁금해졌다. 허균도 생전에 적은 글에서 스스로를 두고 불여세합不與世合하여 외롭다고 했다. 허균 같은 천재든, 나 같은 무지렁이든 사회화에 실패한 사회적 동물의 처지란 본디 그럴 수밖에 없나 보다.

사회적인 가치나 규범은 상대적인 것이다. 사람들은 그것이 불변의 진리인 양 여기지만 실은 끊임없이 변한다. 내가 고작 서른 몇 해를 사는 동안에도 세상이 얼마나 바뀌었는지 모른다. 2000년대 초반만 하더라도 개는 돈 주고 사는 거였다. 2005년, 노처녀의 상징이었던 김삼순은 고작 서른 살이었다. 조금 더 거슬러 올라가 볼까. 판사가 '정조의 의무'를 운운하고, 강간 피해자가 죄인처럼 수치를 느껴야 하는 시절이 있었다. 더 과거에는 사람이 사람을 소유하고 사고팔았다. 그 시절에 만인이 평등하다고 말했다간 허균처럼 찢겨서 죽을지도 모를 일이었다. 이게 사람들이 '당연히 그래야만 하는 것'이라 믿고 타인에게 강요하는 사회적 규범의 민낯이다.

변화를 억압하면 사회는 정체된다. 정체된 사회는 고인 물처럼 썩게 마련이다. 흐르는 물처럼 세상도 계속해서 변해야 한다. 세상이 변하기 위해서는 사회화 프로그래밍에 에러가 생긴 구성원이 필요하다. 문제적 구성원. 나는 여기서 세포의 돌연변이가 생각난다. 진화로 이어진 생물의 역사 또한 돌연변이가 만든 것이기 때문이다. 생물은 제 몸을 만드는 데에 DNA라는 문자로 쓰인 유전자라는 설명서를 사용한다. 생물이 새로운 세포를 만들 때마다 반드시 이 문서의 사본을 전달해야 한다. 그런데 그 분량이 워낙 방대

하다 보니 옮겨 적는 과정에서 꼭 오타가 난다. 대부분 사소하지만, 가끔 '소고기 김밥'이 '소거기 김밥'이 되는 것처럼 심각한 오타가 발생하기도 한다. 결과물이 완전히 달라진다. 이것이 돌연변이다. 이때 운이 좋으면 돌연변이의 결과로 생물은 새로운 기능을 얻기도 한다. 환경에의 적응이나 먹이 경쟁에서 기존의 생물을 누르고 우위를 선점한다. 그리고 저와 같은 돌연변이들을 많이 만들어 내어 점차 우세 종이 된다. 지금의 복잡하고 다양한 생태계는 그렇게 돌연변이를 통해 만들어졌다. 돌연변이가 없었다면 지금의 인류도 없다.

요즘 재미있게 보고 있는 유튜브 채널의 진행자는 트랜스젠더다. 일반인이지만 어지간한 연예인들보다 더 많은 구독자를 모았다. 그녀가 길을 지나가면 많은 사람들이 알아보고 좋아한다. 팬이라며 뛰어와서 손을 잡는 사람도 있다. 그녀가 트랜스젠더라는 사실은 아무런 문제가 되지 않는다. 많은 사람들이 그녀의 솔직한 입담을 좋아한다. 그녀를 싫어하는 친구도 있는데 다른 이유가 아니라 거친 말투 때문이다. 2001년에 하리수가 처음 데뷔했을 때, 세상이 얼마나 시끄러웠는지 기억난다. 그녀를 여자로 인정하니 마니를 두고 제삼자들이 갑론을박했다. 그런 상황에서도 하리수는 숨지 않고 꿋꿋하게 활동했다. 그리고 20년이 지난 지금, 트랜스젠더를 대하는 우리 사회의 시선은 제법 달라졌다.

2000년은 사람이 사람을 좋아하는 것이 죄가 되던 시절이었다. 그때 커밍아웃으로 세상에서 버림받았던 어느 방송인이 꿋꿋하게 버티며 제 모습대로 살아준 덕분에 동성애에 대한 세상의 시선 또한 크게 달라졌다. 그렇게 태어났기에 목숨을 걸 만큼 절실했던 사람들의 마음까지 감히 내가 알 수는 없다. 그들에게 그것은 선택 이상의 문제였을 것이다. 하지만 그들은 숨지 않고 사회의 돌연변이로 살아가는 쪽을 선택했다. 사회가 그 존재 자체를 부정하다고 규정하고 돌을 던진 사람들 덕분에 우리 사회는 다양성을 존중하고 더 많이 포용하는 사회가 될 수 있었다.

그들처럼 존재 자체를 부정당하지는 않았지만, 나의 면전에다 대고 싸가지 없다, 또라이다 따위의 소리를 하던 사람들 때문에 나도 나 자신을 꽤 오래 부끄러워했다. 그럴수록 소외되는 것이 두려워서 그런 인간들에게 인정받고자 더 발버둥을 쳤다. 눈치를 보고 연기를 했다. 그렇게 사회에서 내 자리를 유지하려 애썼다. 그 결과는 깊은 자괴와 공황장애였다. 나는 시절의 낙오자가 되는 쪽을 선택했다. 남들 다 가진 직장이 내게는 없다. 가장 최근에 다녔던 회사에서 나는 나와 맞지 않는 옷을 입고 가장 싫은 모습을 연기해야 했는데, 덕분에 그것이 무의미함을 넘어 해롭기까지 하다는 걸 깨달을 수 있었다. 백수가 되고 주변 정리를 했다. 삶이 단순해진 만큼 통장도 가벼워지고 있지만 돌아가고 싶지는 않다.

이상한 소리만 한다느니, 사회 부적응자 같다느니 하는 소리를 듣더라도 이젠 신경 쓰지 않고 시대의 사소한 돌연변이로 살기로 했다. 돌연변이가 되기로 마음먹은 이상, 반드시 염두에 둬야 할 것이 있다.

돌연변이의 결과다. 돌연변이는 기능의 획득으로 이어지기도 하지만, 암세포가 되기도 한다. 네모반듯한 세상의 틀을 벗어나서 사는 것은 나의 자유지만, 어떤 경우에도 사회의 암적인 존재가 되어서는 안 된다. 규칙을 따르지 않기로 결정한 인간은 매 순간 스스로를 의심하고 살펴야 한다. 나도 나만의 규칙을 만들고 있다. 그 첫 계명은 남에게 상처를 주지 말자다.

24

그럼에도 불구하고, 사람

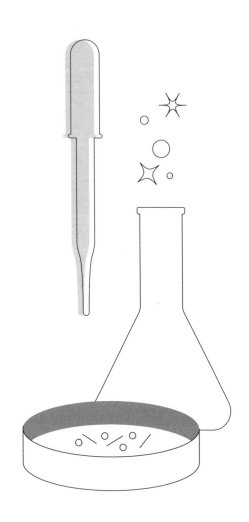

✼ ✻ ✿

나는 2주 전에 정식으로 퇴사하고 백수가 되었다. 사람이 좋아서 선택했던 직장이었는데, 결국 사람 때문에 관뒀다. 생각해 보면 대학원도, 회사도, 일이 힘들어서 그만두고 싶었던 적은 없었다. 이러다가 죽겠다 싶을 때 기숙사 방에 가서 서너 시간을 자고 다시 실험실로 기어나가 일을 하던 때에도 "와, 죽을 거 같다."라는 말은 나와도 "와, 그만두고 싶다."라는 말은 안 나왔다. 대신, '저 새끼' 때문에 때려치우고 싶다는 생각은 정말 많이 했다.

다들 대학원 생활이 어렵다고는 하지만 다른 대학원생들과 객관적으로 비교해 봐도 나는 유독 재수가 없었다. 지도 교수, 사수, 동기. 대학원 생활에 가장 중요한 사람들인데, 나는 그들 모두와의 관계가 시작부터 삐걱거렸다.

아무리 나와 맞지 않는 사람이어도, 자세히 살펴보면 누구나 반드시 장점은 있다. 그런데 놀랍게도 아무리 봐도 장점을 찾을 수 없는 인간이 존재했다. 애석하게도 그게 내 하나뿐인 연구실 동기였다. 그는 나를 밟고 서야 하는 디딤돌 정도로 여겼다. 늘 거짓말을 했다. 내가 모르는 곳에서 나에 대한 헛소문을 내고 다녀서 한동안은 오해를 푸느라 고생했다. 첫 번째 사수와의 관계도 시작부터 삐걱거렸다. 나는 주눅이 들수록 일을 그르치는 성격이라는 걸 그때 처음 알았다. 신입생에 대한 사수의 평가가 좋지 않으니 지도 교수님도 날 곱게 볼 리가 없었다. 내 쪽에서는 뭘 해도 풀 수 없던 오해는 쌓이고 쌓여서 나는 사회생활이 불가능할 정도로 인격에 문제가 있는 인간으로 찍혔다. 졸업은 해도 감히 연구를 계속할 생각은 말라는 말도 들었다. 덕분에 나는 진짜로 내가 자격도 없고 능력도 없고 인격도 형편없는 인간이라고 믿게 되었고, 그렇게 인생이 점점 꼬여갔다.

그래도 졸업에 대한 희망이 있을 때는 버틸 만했

다. 더러워도 참고 학위만 받아서 떠나자는 마음으로 버텼다. 통합과정 6년 차에 나는 다음 해 졸업을 목표로 논문을 쓰고 있었다. 졸업에 맞춰서 결혼도 하기로 했다. 결혼식을 딱 한 달 앞둔 어느 날, 점심을 먹고 있는데 연구실 후배에게서 전화가 왔다. 다급한 목소리로 "언니, 유전자 논문 나왔어요."라고 했다. 온몸에서 피가 사악 빠지는 느낌이었다.

연구를 하다 보면 지구 어딘가에는 나와 똑같은 주제로 똑같은 유전자를 연구하는 사람이 있을 수도 있다. 논문은 신규성이 중요하기에 한쪽에서 먼저 논문을 내버리면 늦은 쪽은 그간의 모든 노력이 수포로 돌아가는 일이 생긴다. 우린 이걸 '스쿱 당했다'라고 하는데, 논문을 쓰며 겪을 수 있는 가장 재수 없는 일 중 하나다. 그리고 그 일이 나에게 일어났다. 지난 수년간의 연구가 물거품이 되었다. 졸업의 희망도 사라졌다. 난 그때 사람이 몹시 당황하면 손발이 떨리는 게 아니라 온몸이 앞뒤로 흔들린다는 사실을 처음 알게 되었다. 그 뒤로 졸업하기까지 2년이 더 걸렸는데, 그 2년은 떠올리고 싶지도 않다.

사람도, 상황도 모든 것이 최악이었다. 심각한 수준의 공황장애가 있었는데 그때는 그걸 인식조차 못했다. 한참이 지나서 나는 그 시절을 다시 떠올리면서, 대체 어떻게 버틴 건지가 궁금해졌다. 약도 없었다. 치료도 받지 못했다. 교내 상담 센터를 한동안 다녔지만 별로 도움이 되지는 않았다. 잠이 들면 눈이 멀어버릴 거라는 망상으로 제대로 잠을 못 잔 기간이 1년이 넘었고, 6개월을 하루도 빠짐없이 울었었다. 그런데 어떻게 이렇게 멀쩡하게 살아서 졸업할 수 있었을까. 답은 사람이었다. 돌을 던진 것도 사람이었지만, 돌 맞고 터진 상처에 약을 발라준 것도 사람이었다.

첫 번째 사수로부터 파문 당하고, 나는 연구실의 천덕꾸러기가 되었다. 마냥 버려둘 순 없으니 다시 붙여준 사수가 K언니였다. 그즈음 내가 가장 많이 들었던 말은 "임소정, 또 이랬어?"였다. 임소정은 뭘 해도 사고만 친다는 뜻이다. 그래서 나는 잔뜩 주눅이 들어 있었다. 실수하면 안 된다는 강박과 실수를 하면 받을 비난에 대한 공포로 실수는 더 잦아졌다. K언니와 처음 일을 시작하고서도 내리 몇 번을 실수를 했다. K언니는 굉장히 꼼꼼하게 일을 하는 완벽주의자였는데, 역시나 몇 번을 참아주다가 기어이 터지고야 말았다. 끝이구나. 연구실에서 쫓겨날까 봐 울고 있는데 평소 사람들을 잘 챙기는 J선배가 와서 한마디 했다. "K누나 엄하고 무서운 거 같아도 인간적인 사람이니까 니가 솔직하게 말하면 다 이해하고 도와주실 거야." 여전히 겁이 났지만 큰맘 먹고 용기를 냈다. 무엇이 어려운지, 미안한지, 무서운지, 힘든지, 한참을 울면서 말했다. 읍소가 끝나자 K언니는 길게 말하지 않았다. 그랬냐며 이제 내가 도와주겠다고 했다.

그녀는 정말 인간적인 사람이었다. 일은 칼같이 하면서도 사람에 대해서는 정이 많아 탈일 정도였다. 사수와 사이가 좋아지고 마음이 편해지니 실수가 사라졌다. 실험도 아주 꼼꼼히 배울 수 있었다. 통제형 리더인 사수와 나는 합이 좋았다. 종자 휴면 연구를 위해 제네바로 학생을 파견해야 할 때 언니는 적극적으로 교수님을 설득해서 나를 보냈다. 그리고 우리는 좋은 결과를 얻어 논문을 낼 수 있었다. 지금도 나는 그녀의 생일을 챙긴다. 한껏 주눅 들어 있던 연구실의 천덕꾸러기가 내 얘기 좀 들어달라고 용기를 내기란 여간 어려운 일이 아니었다. 그리고 그 용기를 무시하지 않고, 끝까지 책임지고 도와주겠다는 사람을 만나는 건 기적처럼 감사한 일이었다.

실로 격세지감이었다. 연구실의 천덕꾸러기 임소정이 4년 만에 랩장이 되었다. 랩장이 되고서 내가 가장 먼저 한 일은 사과였다. 우리 연구실에는 외국인 학생이 많았다. 아무래도 언어나 관습적인 문제들로 인해 그들은 연구실의 많은 규칙이나 책임에서 벗어나는 경우가 많았다. 타지에까지 와서 얼마나 힘들까, 다들 너그럽게 이해하는 분위기였다. 나는 달랐다. 개구리 올챙이 적 생각 못 한다고 딱 내 꼴이 그랬다. 3년 차쯤부터 나는 아주 쌈닭이 되어 있었는데, 선배고 후배고 예외는 없었다. 외국인 학생들에게 왜 그렇게까지 하느냐고 타이르는 선배들에게 "연구실의 일원이 되기로 했으면 자기도 할 만큼은 해야 하는 거 아니냐."라고 따졌다. 마음에 요만큼의 여유도 없이 아집으로 아주 똘똘 뭉쳐 있었다. 배려의 보호막 안에 있던 외국인 학생들이 눈엣가시였다. 베트남에서 온 T와 인도에서 온 D, 모두 나 때문에 울었다. 내가 상처받았다는 것이 결코 타인에게 상처를 줄 수 있는 자격도, 구실도 될 수 없다는 사실을 그때는 몰랐다.

그렇게 천둥벌거숭이처럼 날뛰던 내가 랩장이 되었다. 우리 연구실에서 랩장의 가장 큰 역할은 학생들과 지도 교수 사이의 가교였다. 선배들이 그래 왔다. 학생들이 어떤 어려움이나 요구를 토로하면 랩장은 그것을 교수가 이해하거나 받아들이기 쉬운 언어로 설득해서 학생들의 랩 생활을 도왔다. 랩장이 되고 가만 생각해 보니 특히나 요구가 많을 외국인 학

생들이 내가 랩장으로 있는 동안은 필요한 것을 이야
기하는 것이 쉽지 않을 것 같았다. 그건 안 될 일이었
다. 그래서 고민 끝에 이 친구들과 화해하기 위해서
그동안 패악을 부린 일에 대해서 사과하기로 했다.
걱정이 컸다. 미움이 깊어지면 진심도 고깝게 들리기
마련이다. 하지만 두 사람은 정말 고맙게도 내 사과
를 기다렸다는 듯이 반갑게 받아줬다. 지금도 그들의
넓은 마음과 아량에 그저 고마울 뿐이다. 그 이후로
는 단 한 번의 다툼도 없었다. 오히려 엄청 친한 사이
가 되었는데, 그때 배운 것이 두 가지 있다. 미움보다
사랑이 더 편하다는 것, 그리고 잘못을 깨달았을 때
인정하고 사과하는 용기를 반드시 내야 더 늦기 전에
바로잡을 수 있다는 것이다.

결국은 사람이다. 아무리 힘들어도 좋은 사람이
곁에 있다면 어떻게든 살 수 있다. 사람 때문에 힘들
때는 지난 삶에서 만난 고마웠던 사람들을 한 명씩
떠올려 본다. 그러면 더 좋은 사람이 되어야지 하고
다시금 마음을 다잡을 수 있다.

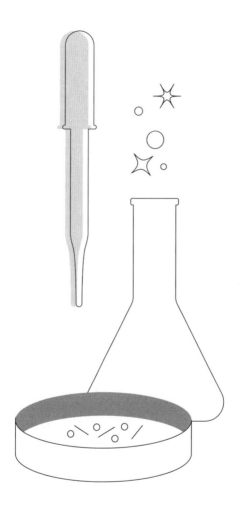

25

닿지 않아도 느낄 수 있어요

✡ ✲ ✩

졸업 후, 수도권으로 취직해서 4년 정도 혼자 살았
다. 살면서 자취의 경험도, 완전히 혼자 사는 경험도
처음이었다. 이사를 도와주고 돌아가는 아빠를 보는
데 그 나이를 먹고서도 눈물이 찔끔 났다. 세간이 하
나도 없는 방에 이불만 대충 깔아놓고 누웠는데 너무
막막하고 외로워서 어쩔 줄을 몰랐다. 오피스텔은 갓
입주가 시작된 곳이어서 건물은 어수선했고 식당도
거의 없었다. 난생처음 와 본 동네에서 혼자 사는 걸
나는 굉장히 힘들어했다.

　　그래도 이내 바뀐 생활에 적응했다. 세간도 채우
고, 주변 지리도 제법 익히며 잘 지냈다. 자취방은 가
장 안락하고 편안한 나만의 공간이 되었다. 문제는
아플 때였다. 원체 매운 음식을 좋아하는데 그걸 매
번 야식으로 먹고 자는 버릇이 있었다. 해마다 한두

번은 반드시 새벽에 위경련을 앓았다. 위축성 위염은 스무 살부터 달고 산 지병이다. 그날도 기어이 탈이 났다. 자기 전에 먹은 불족발 때문이었다. 누가 뱃속에 손을 넣어 위장을 쥐어뜯는 것 같은 고통에 잠이 깼다. 새벽 3시였다. 다음 날 동네 내과가 여는 시간만 기다리며 밤새 울면서 앓았다. 자기가 잘못해놓고 새삼 서럽고 외로웠다. 엄마 손, 체할 때마다 등을 쓸어주던 우리 엄마 약손이 너무 그리웠다.

어려서부터 폭식을 많이 하는 아이였다. 엄마의 주장에 의하면 지 마음에 드는 반찬이 있으면 밥을 서너 공기는 먹어 치웠다고 한다. 그러고는 체해서 엄마를 찾았다. 엄마 손은 약손이었다. 섭식 조절을 못하는 딸을 키우며 엄마는 손 따기 장인이 되어 갔다. 손바닥으로 등을 한참 쓸어준다. 그리고 양손으로 어깨부터 손가락 끝까지 팔을 쓸어내린다. 손에 힘을 줘서 짜내듯이 피를 손가락 끝으로 몰아간다. 엄지손가락으로 피를 모으고 손가락 마디 조금 위를 실로 꽝꽝 동여맨다. 바늘 끝으로 손톱 뿌리 바로 아래

정중앙을 쿡 찌른다. 시커먼 핏방울이 동그랗게 맺히면 실을 풀어낸다. 다시 팔 전체, 그리고 등을 쓸어낸다. 그러면 이내 편해졌다. 엄마의 급체 치료 실력은 나의 망가진 식습관과 함께 일취월장했는데, 내가 성인이 된 뒤에는 발 기술이 추가되었다. 손따기로도 해결이 안 되는 급체에는 바닥에 대자로 엎드려서 밟혔다. 척추를 따라서 꼼꼼하게 발로 꾹꾹 밟아 내려가는데 날개뼈 사이쯤 오면 뚜둑하며 뭔가가 끊어지는 소리가 난다. 그러고 나면 귀신같이 체기가 사라졌다. 엄마에게 밟힐 때, 나는 안도감과 편안함을 느꼈다.

야속하게도, 촉각이 전달되기 위해서는 같은 시공간에 존재해야만 한다. 차로도 4시간이나 걸리는 곳에 떨어져 있는 내가 그 손길을 다시 느끼는 건 불가능했다. 엄마와 내가 물리적으로 동일한 시공간 상에 위치하고 있지 않기에 기억 속 엄마 손의 그 온기와 발의 압박감이 가장 필요한 순간에 나는 그것들을 느낄 수가 없었다. 나는 이것이 늘 서글펐다. 시간은 물론이거니와, 3차원의 물리적인 공간만큼은 우리가 자유롭게 이동한다고 하지만 사실은 그것도 상당히 제약이 많다.

그러던 어느 날, 과학 커뮤니케이터 친구 G와 농담 따먹기를 하다가 기대하지 않았던 위안을 얻었다. G는 양자역학적인 관점에서 보면 키스를 하는 연인의 입술도, 실은 맞닿아있지 않다고 했다. 우리의 입술을 구성하는 원자의 입장에서 보면, 원자핵과 전자는 어마어마하게 멀리 떨어져 있으니 원자핵은 닿은 적이 없고, 전자구름 역시 서로를 반발력으로 밀어내기 때문에 직접 닿을 수는 없다. 우리는 그저, 전자의 반발력을 닿았다고 느꼈다는 거다. 이 이야기는 원자핵과 전자가 얼마나 멀리 떨어져 있는지를 나타내기 위한 비유였지만 나는 여기서 나름의 위로가 될 수 있는 실마리를 찾았다. 양자역학의 말장난을 빌리면 '닿지 않아도 느낄 수 있다'는 거다.

그전까지 물리적인 한계가 가장 명확한 감각이라

고 여겼던 촉각에 대한 나의 인식이 달라졌다. 나는 촉각에 대해서 좀 더 자유롭게 생각하게 되었다. 향기를 통해 과거의 기억이 되살아나는 프루스트 현상은 너무도 유명하지만 촉각에 대해서는 찰나로 유지되는 감각기억에 대한 이야기들이 있을 뿐이다. 나는 자극을 통해 기억을 회상하는 프루스트 현상과는 반대로 과거의 기억을 통해 촉각을 되살려 보려는 시도를 했다. 묵은 기억 속에서 엄마의 손길을 꺼내어 본다. 뇌가 그때의 감각을 어렴풋이 재현하면 그마저 아픈 내게 치유의 효과가 있다. 과학자의 농담이 도움이 될 때도 있다.

다른 감각들만큼이나 촉각도 별스러운 감각이다. 특히나 촉각은 맥락에 따라서 해석이 달라지는 유일한 감각이다. 똑같이 어깨를 만져도 어떤 상황에서, 누가 하느냐에 따라서 따뜻한 격려가 되기도 하고, 불쾌한 성추행이 되기도 한다. 낯선 사람이 내 벗은 몸을 만지는 건 상상만으로도 끔찍한 일이다. 하지만 우리는 마사지숍에서 기꺼이 옷을 벗고 처음 보는 사람에게 알몸을 내어준다. 고마움마저 느끼면서 말이다. 버스 안에서 낯선 사람과 손이 스치면 손을 피하지만, 아기를 만나면 쥐기 반사를 기대하며 잡아달라고 손가락을 내밀기도 한다. 작고 포동하게 살이 오른 아기의 손이 손가락을 꽉 움켜쥘 때, 이유 없이 기쁘다.

과거의 철학자들부터, 〈공각기동대〉, 〈매트릭스〉에 이르기까지 인간은 끊임없이 지금 우리가 살고 있는 이 세계가, 그리고 나 자신이 진짜인가를 의심해 왔다. 데카르트가 말한 "나는 생각한다, 고로 존재한다."는 사실 "나는 의심한다, 고로 존재한다."와 같다. 가상인가 진짜인가에 대한 끝없는 고민의 끝에 의심하는 나 자신은 존재한다는 결론을 내린 것이다. 하지만 데카르트가 그 존재를 확신한 것은 정신에 불과하다. 그렇다면 우리의 몸은 존재하는가. 우리는 어떻게 몸의 존재를 느끼고 이것이 실재한다고 생각할 수 있을까.

나는 실제로 몸이 사라지는 경험을 한 적이 있다. 찾아보니 정신과 약의 부작용이라고 하는데, 책상에 앉아서 일을 하는 동안 눈에 보이지 않는 부위인 다리가 없어진 것 같은 기분을 느꼈다. 의자를 빼고 아래를 보니 다리는 분명 거기에 있었다. 하지만 상체를 책상에 바짝 붙여서 시야를 제한하자 나는 다리를 느낄 수 없었다. 그때부터 나는 우리가 어떻게 내 몸을, 외부의 자극과 상관없이, 느낄 수 있는지가 궁금해졌다.

눈을 감고 알몸으로 우주 한 공간에 떠 있다고 상상해 보자. 털을 흔들고 피부를 간지럽힐 공기도 없다. 보지 않고, 외부의 자극이 없이도 우리는 몸을 인식할 수 있을까. 할 수 있다. 고유수용성감각 때문이다. 고유수용성감각은 우리 몸의 위치나 움직임, 활동을 느끼는 감각인데 이것을 육감六感이라고 하는 사람들도 있다. 우리가 고유수용성감각을 느낄 수 있는 것은 세포막에 존재하는 특별한 촉각 수용체, 피에조2 PIEZO2 덕분이다.

2021년의 노벨 생리의학상은 인간이 어떻게 세상을 인식하는가를 주제로, 온도를 인식하는 TRP 채널들을 발견한 데이비드 줄리어스와 촉각과 압감을 인식하는 세포막 채널인 피에조1, 피에조2를 발견한 아뎀 파타푸티언에게 수여되었다. 촉각과 압력을 감지하는 유전자를 찾기 위해 파타푸티언의 연구팀은 특별한 세포주를 개발했다. 쿡쿡 찌르면 전기 신호를 만들어내는 세포였다. 72개의 후보 유전자를 찾아서 각각의 기능을 망가뜨린 돌연변이 세포를 만들었다. 그리고 하나씩 찔러봤다. 그러자 아무리 찔러도 반응하지 않는 세포가 하나 있었다. 압력을 감지하는 세포막 채널 피에조1은 그렇게 발견되었다. 유전자의 유사성을 바탕으로 피에조2를 추가로 찾았는데, 몸의 위치나 움직임을 감지하는 고유수용성감각에 결정적인 역할을 하는 것은 피에조2였다.

노벨 위원회는 이 유전자들이 우리가 세상을 인식하는 데에 기여한다고 했지만, 나는 고유수용성감각과 관련된 피에조2만큼은 우리가 세상이 아닌, 나를 인식하는 데에 기여한다고 생각한다. 촉각을 단순하게 만져서 느끼는 것 정도로 생각할 수도 있지만 나는 촉각이야말로 인간이 스스로의 존재를 확신하게 하는 감각이라고 생각한다. 보고, 듣고, 냄새를 맡고, 맛을 보는 감각들은 외부를 탐지하는 감각이다. 촉각만이 나의 존재를 인식한다.

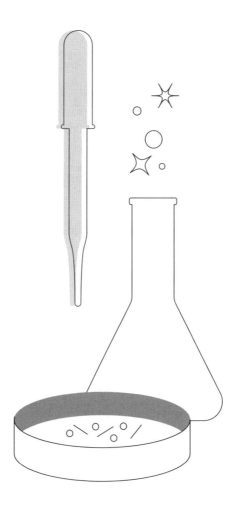

26

돌 속에 간힌 오로라

☆ ✳ ✩

사는 동안 꼭 한 번은 내 두 눈으로 직접 보고 싶은 것들이 있다. 많다. 예능 〈꽃보다 청춘〉 아프리카 편에 나왔던 빅토리아 폭포, 갈라파고스의 일광욕하는 이구아나들과 발이 파란 블루풋, 태즈메이니아 섬의 빛나는 해변, 몽골 사막에서 보는 밤하늘의 별, 스발바르 종자 보관소 내부의 씨앗 박스들, 마크 로스코의 그림, 그리고 북극의 오로라 같은 것들이다. 요즘은 각종 보석의 산지에 있는 광산에 가보고 싶다는 생각을 한다. 하지만 판지시르처럼 분쟁지역이 많아서 접근은 엄두도 못 낸다. 호주의 라이트닝 릿지 광산이나 캐나다의 래브라도반도 정도만 다녀올 수 있어도 좋을 것 같다. 징글징글한 역병으로 인해 막혔던 하늘길이 드디어 뚫렸다. 해외여행의 폭발적인 수요와 어마어마한 항공료로 인해 개인적으로 내 하늘길은 아직 닫아둔 상태다. 하지만 언제고 해외여행의

광풍과 국제 유가가 어느 정도 감당할 수준으로 잠잠
해지면 캐나다의 래브라도반도에는 꼭 가보겠노라고
마음먹었다.

　뉴펀들랜드 래브라도주는 캐나다의 동쪽 끝에 위
치한다. 뉴펀들랜드는 섬이고, 래브라도는 대륙에 붙
은 반도다. 면적은 우리나라의 4배 가까이 되는데,
인구는 50만 명 정도다. 그나마도 대부분은 뉴펀들랜
드 섬에 살고, 래브라도반도에 사는 사람은 고작 3만
명 정도라고 한다. 사람이 거의 살지 않는 척박한 기
후의 툰드라 지역에서 1년 중 여행이 가능한 기간은
여름인데, 바로 이 여름 동안 래브라도반도는 오로라
를 관측하기에 좋은 장소가 된다고 한다. 최소한의
문명의 이기에 생존만을 의지한 채로 혹독한 자연을
겪어보고 싶은 나의 이중적인 소망을 실현하기에 최
적의 장소가 아닐까. 언제 다시 닫힐지 모를 하늘길
이기에 기회가 되면 꼭 가보고 싶다.

　낮은 인구 밀도와 가혹한 대자연, 오로라 외에 래

브라도에 꼭 가고 싶은 이유가 하나 더 있다. 래브라도라이트라고 하는 돌 때문이다. 래브라도의 빛. 이름에서 알 수 있듯이 이 돌의 산지가 래브라도반도다. 에메랄드와 더불어 래브라도라이트는 내가 가장 특별하게 생각하는 돌 중 하나다. 다른 보석에 비해 래브라도라이트는 굉장히 싸고 구하기도 쉽다. 손바닥만 한 커다란 돌 조각이 고작 몇만 원이다. 이 흔하고 싼 돌이 나에게 있어 별스러운 의미를 가지는 까닭은 언젠가 보았던 이누이트족의 전설 때문이다.

래브라도라이트와 관련해서 전해지는 전설은 몇 가지가 있다. 그중에서 내 마음을 사로잡은 건 용감한 전사의 이야기다. 먼 옛날, 래브라도 해안의 바위 안에 빛의 무리가 갇혀 있었다. 어느 날, 어느 용맹한 전사가 우연히 갇힌 빛들을 발견하게 되었다. 그는 창으로 돌을 쪼개서 갇혀 있던 빛들을 해방시켜 주었다. 빛의 무리는 하늘로 올라가서 오로라가 되었다. 하지만 갇혀 있던 모든 빛들을 해방시켜 줄 수 없었기에 일부는 여전히 돌 속에 갇힌 채로 지상에 남아

있게 되었다. 그것이 래브라도라이트다. 래브라도라이트를 처음 들어본 사람도 앞서의 전설을 생각해 보면 돌의 모습을 어렵지 않게 떠올려볼 수 있다. 우리나라에서 유통되는 대부분의 래브라도라이트들은 보석의 용도로 가공되어서 원형, 타원형, 하트 모양, 물방울 모양 등의 형태로 깎이고, 표면은 매끈하게 다듬어져 있는데, 인터넷에서 가공되지 않은 원석 덩어리를 촬영한 동영상을 찾아보면 왜 그런 전설이 생겼는지 단박에 이해가 간다. 정말로 돌 속에 번쩍이는 오로라가 갇혀있다.

내가 어릴 때 보석과 광물 책을 좋아한 건 사실이지만, 중학생 때부터는 일편단심 생물만 팠다. 이제와서 나이를 먹고 보석에 관심이 생기며 다시 광물을 공부하려니 여간 어려운 게 아니다. 그래도 궁금해서 어쩔 수가 없다. 내가 평소 주변에, 특히 아이를 키우는 친구들에게 했던 말이 있다. "몇 번의 시도로 단기간에 결과를 기대해서는 안 된다. 이쯤 했는데 왜 안되냐고 생각하지 말고, 그냥 될 때까지 하염없이 하

는 게 낫다." 이 말이 그대로 지금의 나한테 적용된
다. 광물 공부는 정말 징글징글하지만 도가 틀 때까
지 하염없이 찾아보는 수밖에 없다. 나는 지금 이 돌
이 왜 속에 빛을 가두고 있는지가 몹시 궁금하다.

래브라도라이트는 장석이라고 하는 광물의 일종
이다. 장석은 지각의 절반 이상을 차지하는, 지구상
에서 가장 흔한 광물이다. 모래를 한 줌 주우면 그
안에는 장석이 반드시 섞여 있다. 달이나 운석에서도
발견된다. 장석은 알루미늄 규산염 광물로 여러 원소
를 가질 수 있는데, 그중 칼슘과 나트륨을 가진 것을
사장석이라고 한다. 래브라도라이트는 장석 중 사장
석에 속한다. 왕똥파리나 풍뎅이의 등딱지처럼 보는
각도에 따라서 무지갯빛으로 색이 변하는 현상을 이
리디센스라고 하는데 래브라도라이트의 경우 특유
의 오로라 같은 빛을 내는 현상을 레브라도레센스라
고 한다. 레브라도라이트는 보통의 보석들처럼 돌의
표면에서 빛을 반사해서 빛나지 않는다. 빛은 래브라
도라이트의 안으로 뚫고 들어간다. 그 안에는 용리

라는 현상을 통해서 생긴, 현미경으로 봐야 보이는 작은 판들이 있다. 그 판들이 돌 속으로 들어온 빛을 반사해서 다양한 색으로 빛나게끔 한다.

래브라도반도에 가게 되면 꼭 하고 싶은 것이 있다. 래브라도라이트의 광산에 가서 가공되지 않은 상태의 거대한 래브라도라이트를 본 뒤에 오로라 투어를 통해 밤하늘의 진짜 오로라를 보고, 그 특별한 전설을 만들어낸, 이누이트 족들이 느꼈을 그 기분, 자연의 경이로움에 대한 감정을 나도 느껴보고 싶다. 스위스 루체른의 필라투스 산에 간 적이 있다. 하늘, 구름, 눈. 특별할 것 하나 없는 흔한 것들 뿐이었는데, 필라투스 산에 올라서 눈앞에 펼쳐진 풍광을 본 순간 말로 설명하기 어려운 기분을 느꼈다. 먹먹하고 눈물이 났다. 거대하고 온전한 자연 앞에서 나는 벅차올랐고 겸허해졌다. 자주 보는 하늘과 눈, 구름이 그 정도였는데 하물며 오로라는 오죽할까. 꼭 보고 싶다.

사는 동안 이런 재부팅의 순간이 꼭 필요하다. 머리에 지식을 채울수록 세상을 보는 눈은 되려 탁해진다. 무언가를 보고 마음으로 느끼기보다 머리로 먼저 분석하려 든다. 나 또한 광물의 아름다움에 감탄하면서도 기어이 그 '원리'를 알아내겠다고 용을 쓰지 않았던가. 어쩌면 우리는 나이를 먹어가면서 지혜로워지기보다, 있는 그대로 보고 느끼고 감사하며 행복해하는 법을 잊어가는 건 아닐까. 바로 이럴 때, 대자연은 우리에게 그 알량한 지식을 뛰어넘는 감동으로 정신을 차리게끔 한다.

우리는 과학이 어떻네, 인생이 어떻네 하며 삼라만상의 원인을 다 이해한 것처럼 굴지만, 하늘에 무지개라도 뜨는 날에는 설명하기 어려운 반가움을 가장 먼저 느낀다. 옆에 있는 사람에게 대기 중의 물방울에 의한 가시광선의 분리에 대해 떠들기보다, 저기에 무지개가 떴다며 함께 보자고 호들갑을 떨고, 사진을 찍어서 SNS에 오늘은 무지개를 본 특별한 날임을 알린다. 멀리 우주까지 날아가서 창백한 푸른 점

을 찾을 필요도 없다. 시뻘겋게 타오르던 저녁노을
에서, 운 좋게 보게 된 무지개에서, 드넓게 펼쳐진 스
위스 고원의 눈밭에서, 두 발로 딛고 선 이 땅 위에서
우리는 자연 앞에 겸허함을 되찾을 수 있다.

"인생은 파도가 쳐야 재밌제이." 매실 명인 홍쌍리 여사의 에세이 제목이다. 부산의 패셔니스타였던 꽃띠 처녀 홍쌍리가 아는 사람 하나 없는 섬진강변 밤나무촌으로 시집을 가서 모질디 모진 세월을 50년이나 살아내고 한 말이다. 포항의 연구실에서는 매 연말에 송년회를 했다. 교수님댁에서 하던 송년회의 하이라이트는 선물 뽑기였다. 그런 자리에서 보통 책 선물은 지뢰다. 누군가 선물로 준비했던 이 책은 어느 선배의 손에 들어갔는데, 역시나 그는 이 선물을 그다지 반기지 않았다. 세월의 흔적이 역력한 얼굴로 넉넉히 웃으며 인생은 파도가 쳐야 재미있다고 말하는 시골 노인의 사진이 실린 표지에 나는 꽂혔고, 내가 받은 선물이 뭔지 기억은 안 나지만 선배와 선물을 바꿨다. 포항에서 내 인생의 파도가 가장 거칠던 때에 나는 저 책을 만났고, 읽고 또 읽으며 울고 웃었다.

한동안은 파도에 꽂혔었다. 그즈음에 경희 고모의 카톡 알림말에서 "잔잔한 바다는 노련한 뱃사공을 만들지 않는다."라는 외국 속담을 보고서 한참을 되뇌며 다녔다. 삶의 고비를 마주할 때마다 풍랑을 만난 선원이 된 것처럼 '이걸 넘고 살아남으면 나는 더 성장한다'고 마음을 다잡았다. 그때 나는 파도 위에 있는 것처럼 파도를 봤다. 점차 생활이 안정되며 나는 더 이상 매일 같이 파도를 생각하지 않게 되었다. 이 책을 쓰기 시작하며 나는 다시 홍쌍리와 파도를 떠올리게 되었다. 하지만 이제는 해변에 앉아 파도를 본다.

작년 가을, 과학 공연 요청이 있어서 삼척에 간 적이 있다. 돌아오던 길에 바다 전망대 주차장이 보였다. 충동적으로 차를 세우고 내렸다. 바위를 부술 듯

치고 빠지는 파도를 하염없이 바라봤다. 어디선가 본 김환기 화백의 말이 머릿속에 맴돌았다. "붓을 들면 언제나 서러운 생각이 쏟아져 오는데 왜 나는 이런 그림을 그리고 있는 것일까. 참 모르겠어요." 나는 왜 살고 있는 걸까. 나는 왜 이렇게 살고 있는 걸까. 나는 왜 그런 선택을 한 걸까. 나는 이제 어떻게 해야 하나. 바위에 들이닥쳐 물거품으로 부서지고는 또다시 들이닥치는 파도를 보며 나는 이런저런 충동을 느꼈다.

1년 전의 내가 파도를 보며 느꼈던 것과 몹시 다른 감상을 지금의 나는 느끼고 있다. 일반적인 두께의 단행본 한 권을 내기 위해 나는 대략 서른 개 정도의 소재를 준비해야 했다. 이 책은 고작 7개월 남짓한 기간 만에 쓰였다. 그 사이에 새로운 생각만으로 서른 개의 소재를 마련할 수는 없다. 나의 능력은 그러하다. 대신 나는 '생각의 토막질'이라고 이름 붙인 원노트 메모를 열었다. 8년 치의 중구난방이 기록되어 있다. 그 모든 찌질의 역사를 훑으며 느낀 건 '변화'였다.

이제 파도는 희망이다. 파도 위에서 보는 파도는 역경이자 고난이겠지만, 편안히 해변에 앉아 바라본 파도는 변화와 반복이었다. 달이 일정한 주기로 지구 주위를 돌며 바다를 섞는다. 파도가 친다. 파도를 만드는 것들이 워낙 다양하기에 파도의 형태는 일정하지 않다. 하지만 파도는 반드시 오고 감을 반복한다. 해변에 몰아쳤다가 빠진 파도는 꼭 다시 해변으로 돌아오고, 꼭 다시 되돌아간다. 절대 그대로 머물러 있지 않는다. 거세게 달려들던 파도도 언젠가는 떠나고, 아쉽게 떠나던 파도도 언젠가는 되돌아온다.

고슴도치처럼 가시를 세우고 언제나 날이 서서 방어적인 태도로 살았던 적이 있다. 그때 평생 갈 줄 알았던 친구를 하나 잃었다. 내 탓이다. 살면서 가장 안타까운 상실이지만, 시간을 되돌려도 딱히 수는 없을 것 같다. 그때는 그렇게 하지 않으면 살아남지 못할 만큼 절박했다. 상실은 고통이었다. 내 행동의 결과로 사랑했던 친구마저 떠나보내며 위태로운 시간을 견뎌낸 끝에, 나는 여유를 찾고 너그러워질 수 있었다. 이제 곁에는 새로운 20년 지기 친구들이 생겼다. 나무는 이파리를 모두 잃는다. 그래야 죽지 않고 겨울을 견딜 수 있다. 봄이 오면 다시 잎눈을 틔운다. 여름이면 다시 잎은 무성해진다. 어떤 상실은 더 풍성하게 살아남기 위해서 필요하기도 하다.

달은 차고 기운다. 오른 것은 내리고, 내린 것은 오른다. 모든 생물은 항상성을 유지하기에 살아남는다. 이것은 자연의 섭리다. 영원히 그대로인 것은 없다. 이 사실을 받아들이면 많은 것들이 수월해지고, 또 많은 것들이 소중해진다. 영겁 같았던 좌절 속의 시간들이, 지난 삶으로 반추해보면 다 찰나였다. 어려운 시간이 더 힘든 까닭은 끝이 언제인지를 모르기 때문이다. 그럴 때마다 조바심을 내지 않으려 한다. '지가 길어봐야 얼마나 길겠어. 언젠가는 끝날 텐데.'

인생은 파도가 쳐야 재미있다던 홍쌍리 여사가 덧붙여 당부한 말이 있다. "나처럼 너무 센 파도는 넘지 마이소." 인생이 본디 시련의 연속이기에 우리는 그것을 견뎌낼 지혜와 인내를 찾고 고난을 극복해 성숙한 스스로를 보며 만족을 느끼지만, 애초에 다 겪지 않으면 좋을 일이다. 위로와 응원이 필요한 사람들에게 그것을 전하고 싶어 이 책을 쓰기 시작했지만, 사실은 그것들이 그토록 절실한 사람들이 좀 없었으면 좋겠다. 가장 바보 같은 바람이지만, 마음이 그렇다.

생각을 책으로 찍어서 남기는 게 여간 부담스럽고 겁나는 일이 아니었다. 책을 써도 될까를 고민하다가 생각을 고쳤다. 나는 불변의 진리를 말하는 것이 아니다. 이건 2022년의 기록에 가깝다. 내년이면 또 어떤 다른 생각을 하게 될지 모른다. 책의 어느 부분은 몹시 마음에 들지 않고, 어느 부분은 전혀 이해가 되지 않을 수도 있다. 나의 가치관과 사고는 경험에 따라 끊임없이 달라질 거다. 그것이 내가 살아있다는 증거다.

괜찮아, 과학이야

초판 1쇄 발행 2022년 12월 15일

지은이 임소정
펴낸이 김기용 김상현

편집 전수현 김승민   **디자인** 이현진   **마케팅** 조광환
콘텐츠홍보 김지우 김정아 조아현 송유경 성정은 박지훈   **경영지원** 홍성현 정주연

펴낸곳 필름(Feelm) 출판사
등록번호 제2019-000086호   **등록일자** 2016년 6월 13일
주소 서울시 영등포구 양평로30길 14, 세종앤까뮤스퀘어 907호
전화 070-8810-6304   **팩스** 070-7614-8226
이메일 book@feelmgroup.com

필름출판사 '우리의 이야기는 영화다'

우리는 작가의 문체와 색을 온전하게 담아낼 수 있는 방법을 고민하며 책을 펴내고 있습니다.
스쳐가는 일상을 기록하는 당신의 시선 그리고 시선 속 삶의 풍경을 책에 상영하고 싶습니다.

홈페이지 feelmgroup.com   **인스타그램** instagram.com/feelmbook

ISBN 979-11-92403-17-5 (03810)